RALF STRACKBEIN

Tristan Irle hat Lampenfieber

In dieser Reihe bereits erschienen:

Tristan Irle und der Rubensmord; Tristan Irle - Eine Leiche auf der HTS; Tristan Irle - Mord Pur; Tristan Irle - Die Abseitsfalle; Tristan Irle - Das sexte Gebot; Tristan Irle und das Rathauskomplott; Tristan Irle - Der Braumeister; Tristan Irle - Gegen den Strich; Tristan Irle - Tödliche Doktorspiele; Tristan Irle - Siegener Maskerade; Tristan Irle - Eisenhart; Tristan Irle - Die Fürstenjagd; Tristan Irle - Lokalzeit; Tristan Irle - Baum fällt!; Tristan Irle - Die zitternden Tenöre; Tristan Irle - Der Killersteig; Tristan Irle - Locht ein!

Außerdem erschienen:
Der Billy-Code, Mord im schwedischen Möbelhaus

Der Autor:

Ralf Strackbein studierte Literaturwissenschaft, Politikwissenschaft und Angewandte Sprachenwissenschaft. Er beendete sein Studium erfolgreich als Magister of Arts (Magister Artium). Der ausgebildete Technische Zeichner holte auf dem zweiten Bildungsweg sein Abitur nach und schrieb während des Studiums als Freier Mitarbeiter Reportagen und Filmkritiken für eine große Tageszeitung. Gegen Ende des Studiums veröffentlichte er seinen ersten Kriminalroman „Tristan Irle und der Rubensmord". Die Romanreihe umfasst mittlerweile 18 Tristan-Irle-Krimis. Weit mehr als 110.000 Bücher wurden bis heute in Südwestfalen verkauft. Nach dem Studium arbeitete Ralf Strackbein als Pressereferent in Frankfurt am Main, bis er sich 1996 als Presse- & PR-Berater selbstständig machte. Der Autor lebt in Siegen.

Ralf Strackbein

Tristan Irle hat LAMPENFIEBER

Ein Siegerländer Kriminalroman

Magolves-Verlag
Siegen

www.magolves.com

Deutsche Erstveröffentlichung
Oktober 2008
1.–7. Tausend
Magolves-Verlag, Siegen

Umschlag-Gestaltung: Michaela Becker
Satz und Buchherstellung:
Vorländer GmbH & Co. KG, Siegen

ISBN: 978-3-935378-22-2

Das Buch wurde auf chlorfrei gebleichtem Papier gedruckt.

Zum Buch

Sonnenstrahlen fallen in ein verqualmtes Arbeitswohnzimmer. Laute Musik, Fleet Foxes, Ragged Wood, *dröhnt aus Lautsprecherboxen. In seine Arbeit vertieft sitzt der Autor vor seinem MacBook.*
Unsichtbar blinzelt die Muse Thaleia über seine Schulter und schmunzelt.

Autor *(hält inne).*
Ja, kleine Abweichungen in der Ortsbeschreibung sind erlaubt.

Thaleia *(neugierig).*
Was für eine Lügengeschichte wird das wohl wieder?

Autor *(schreibt).* Die bedrohte Kreatur ...

Thaleia *(überrascht).* Keine Komödie?

Autor. ... spürte die Dunkelheit in seinem Rücken ...

Thaleia. Gruselig?!

Autor. ... aus deren Mitte etwas Gemeines die Szene beobachtete.

Thaleia *(entsetzt).* Mord!

Autor *(ernst).* Natürlich ist jede Ähnlichkeit mit realen Tatbeständen, lebenden oder juristischen Personen, Örtlichkeiten, Körperschaften, Gesellschaften oder Organisationen, natürlichen und übernatürlichen Hierarchien rein zufällig.

Kreis Siegen-Wittgenstein

Übersichtskarte

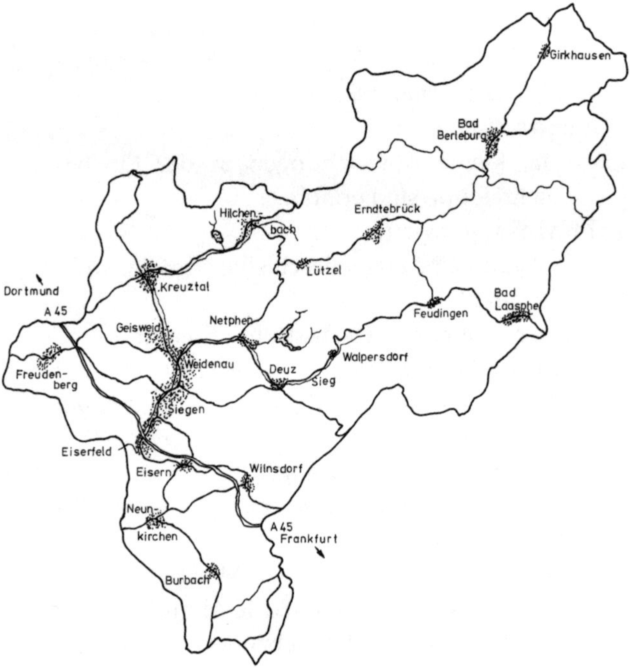

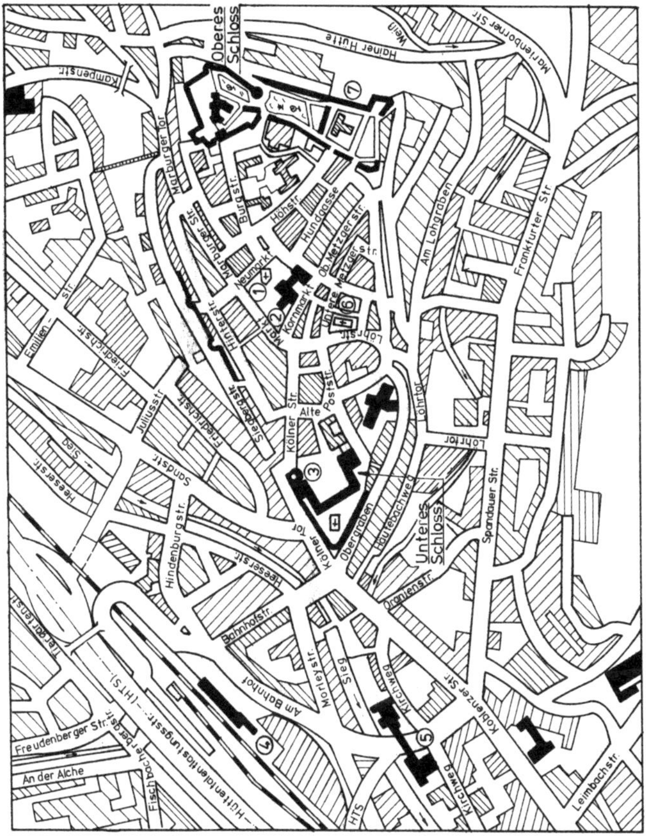

1 Nikolaikirche

2 Rathaus I und Marktplatz

3 Dicker Turm mit Glockenspiel

4 Hauptbahnhof

5 Landgericht

6 Marienkirche und Tristans Zuhause

7 Schlosspark

Personenverzeichnis:

Sebastian Lange, Schauspieler mit einer tragischen Rolle, das Opfer.

Wolferl Wanderschmied, ein nervöser Intendant und Regisseur.

Alisa Altenberg, eine Feengestalt, spielt die Edrita.

Charlot Kaminski, nicht unbedingt eine Feengestalt, spielt ebenfalls die Edrita.

Tobi Büdenbender, aufstrebender Jungschauspieler, spielt den Leon.

Sven Schürholz, spielt den Atalus.

Martin Bäcker, mimt den Trottel Galomir.

Hagen Müller, ein gewichtiger Mann, spielt den Bischof.

Bobby Kutscher, hat das Auftreten eines Grafen und spielt ihn auch, den Grafen Kattwald.

Justus Kehrer, der wichtigste Mann, der Vorsitzende des Theatervereins.

Norbert Pfeiffer, Hauptkommissar und kein Freund der schönen Künste.

Werner Holzbaum, Kommissar mit einem wachen Auge.

Friedrich Büdenbender, Staatsanwalt und in der Zwickmühle.

Wilhelm Flender, Polizeipräsident mit dem richtigen Durchblick.

Helga Bottenberg, Tristans Freundin und Pensionsbesitzerin.

Erich Roth, Diakon und steht Tristan hilfreich zur Seite.

Tristan Irle, Privatdetektiv auf Urlaub, er spielt den Hausverwalter Sigrid.

Marlowe, mit einer Überraschungsrolle.

1. Zu Hilfe! Mörder! ...

Dienstagnachmittag

»*Zu Hilfe! Mörder!*« schallte es in den schwarzen Raum, der sich hinter einer ängstlich rufenden Kreatur auftat.

Die bedrohte Kreatur, ein reifer Mann in mittelalterlicher Gewandung, spürte die Dunkelheit in seinem Rücken, aus deren Mitte etwas Gemeines die Szene beobachtete.

Das blinkende Messer vor ihm schien die geringere Gefahr zu sein.

»*Ist mein Scherz ja nur*«, grinste der Angreifer, »*doch sprechen muss ich den Bischof, Herr Sigrid!*«

»Stopp! Nein, nein!« donnerte es aus der Dunkelheit. »So geht das nicht! Wir sind doch nicht im Kindergarten.«

Angreifer und *Herr Sigrid* blickten in die Dunkelheit, aus der langsam Intendant Wolferl Wanderschmied trat. Sein grau meliertes Haar kräuselte sich um sein Haupt, als wäre das die Reaktion auf das Gesehene. Er trug ein dunkelbraunes Cordjackett, ein schwarzes Hemd und eine schwarze Jeans. In der Hand hielt er ein Textbuch.

»Tobi, du darfst nicht grinsen, wenn du Tristan bedrohst«, mahnte Wanderschmied, der langsam auf die Bühne des Arion*-Theaters der

---

* Arion, griech. Lyriker und Musiker aus Methymna auf

Stadt Siegen schritt. »*Leon* ist in dieser Szene wütend. Er muss unbedingt den Bischof sprechen und Tristan, als Hausverwalter, will ihn nicht einlassen. Du musst mit deiner Drohung viel überzeugender auftreten.«

Tobi Büdenbender, ein junger, schlaksig wirkender Mann Mitte zwanzig, nickte. Er trug ein einfaches Wams, das mit einer Kordel um seine Taille zusammengebunden war. Seine Beine steckten in braunen Leggings, die in einem Paar Stiefel verschwanden. In der Hand hielt er ein Requisitenmesser.

»Ich zeige es dir nochmals«, stöhnte Wanderschmied und schritt auf den um einen Kopf größeren Tobi zu.

Er nahm dem Jungen das Messer aus der Hand und stellte sich vor den Hausverwalter, alias Tristan. Wanderschmied steckte das Messer in seinen Gürtel und knurrte:

»*Seht Ihr? Ich zieh vom Leder, weicht Ihr nicht. Teilt Sonn' und Wind, wir schlagen uns, Herr Sigrid.*«

»*Zu Hilfe! Mörder!*« rief Tristan übertrieben ängstlich.

Tobi musste wieder grinsen.

»Was gibt es da zu grinsen«, schnaufte Tristan, dessen Kostüm kratzte.

Lebos 7./6. Jh. v. Chr. Er verfasste als Erster Dithyramben, die eine Vorstufe der Tragödie darstellen. Arion soll zudem hervorragend Kithara gespielt haben.

»So geht das nicht«, seufzte Wanderschmied, sah Tristan an und schüttelte den Kopf. Zu Tobi gewandt knirschte er: »Etwas mehr Ernst, Bitte!«

»Ich versuche es ja«, entschuldigte sich Tobi, »aber wenn Tristan so um Hilfe schreit, als wäre er auf einer Bühne, dann muss ich lachen.«

»Ich stehe auf einer Bühne«, meldete sich Tristan laut zu Wort.

Tristan Irle, Privatdetektiv im Urlaub, zupfte das Gewand zurecht und trat einen Schritt auf den jungen Schauspieler zu.

»Ja, eben!« meinte der junge Mann und sah in die lindgrünen Augen seines älteren Mitspielers.

»Was soll das?« ärgerte sich Tristan.

»Er meint«, mischte sich Wanderschmied ein, »dass dein Spiel, deine Betonung so klingt, als spielst du Theater. Es sollte aber klingen, als seist du bedroht.«

»Das verstehe ich nicht«, schüttelte Tristan den Kopf.

»Sprich einfach normal. Nicht so, als würdest du dir einen Schauspieler vorstellen, wie der die Rolle spricht«, sagte Tobi und schrie plötzlich: »Zu Hilfe! Mörder!«

Tristan zuckte zusammen, dann sah er zu Wanderschmied, der nickte.

»Also besteht die Kunst darin«, überlegte Tristan laut, »so zu tun, als wäre das alles«, er breitete die Arme aus, »gar nicht da.«

»Langsam kapiert er es«, brummte Tobi und wippte ungeduldig mit den Fersen.

»Machen wir Pause«, befahl Wanderschmied. »Wo sind die anderen?«

Die anderen, das war das restliche Schauspielensemble, das sich in das Café des Theaters zurückgezogen hatte. Sie wussten, dass das Wolferl nicht gefiel. Wären sie Matrosen auf einer Fregatte, dann gliche ihr Verhalten Meuterei, die mit dem Strang geahndet werden würde. Doch das kümmerte die bunt gemischte Truppe, die *Franz Grillparzers* Komödie „Weh dem, der lügt!" probte, momentan wenig.

Es gab etwas zu feiern.

Alisa Altenberg, eine brünette Feengestalt mit dunkelbraunen Augen, hatte vor knapp einer Stunde erfahren, dass sie am Wiener Max-Reinhardt-Seminar, der renommiertesten Schauspielschule Europas, angenommen worden war. Alisa spielte *Edrita,* die einzige weibliche Rolle in dem Stück, was sie automatisch zur Hauptdarstellerin machte. Sie besaß das Herz am rechten Fleck und schien sich ihrer Wirkung auf die Menschen, insbesondere auf den männlichen Teil, nicht bewusst zu sein. Und wenn doch, so ließ sie es sich nicht anmerken. Wie alle anderen des Ensembles liebte sie das Schauspiel und kämpfte mit ihrem Talent und ihren bescheidenen finanziellen Mitteln für den Traum, einmal eine ganz Große zu werden. Die Zusage aus Wien brachte sie diesem Traum nun ein ganzes Stück näher.

»Eine Runde geht auf mich!« rief sie ihren Kollegen zu und ihre langen Haare flogen herum.

»Bravo!« intonierte Hagen Müller, der den *Bischof* mimte.

Seine füllige Gestalt klemmte zwischen einer braunen Sitzbank und einem nussbaumfarbigen Bistrotisch. Hagen gehörte mit Ende dreißig zu den älteren Schauspielern, die Intendant Wanderschmied für das Stück ausgewählt hatte. Er trug eine reichlich verzierte Soutane, darunter eine weiße Dalmatik. Seine Füße steckten in braunen Slippers, die nicht so recht zum Mittelalter-Look passten, was aber nichts ausmachte, da alle eh auf seinen Kopf starrten, auf dem eine schlichte Mitra so schief saß, dass sie jeden Moment hinunterzufallen drohte. Ein einfacher Bischofsstab lehnte neben ihm an der Wand. Hagen verkörperte mit seinem Erscheinungsbild einen Bischof, wie man ihn sich im Mittelalter vorstellen konnte.

Wanderschmied hatte das Wunder fertiggebracht, nicht nur den Bischof, sondern auch alle anderen Figuren aus Grillparzers Stück authentisch zu belegen. Das war auch der Grund, warum Tristan Irle aus seinem beschaulichen Leben als Privatdetektiv gerissen wurde, um nun in einer Produktion des Arion-Theaters mitzuwirken.

Der Intendant hatte Tristan während einer Wohltätigkeitsveranstaltung kennengelernt, die der Diakon der Marienkirche organisiert hatte. Wolferl Wanderschmied war von Tristans Art so angetan, dass er ihn danach die nächsten Wochen hartnäckig gedrängt hatte, doch einmal vorzusprechen. Trotz Tristans hölzerner Sprechweise und der etwas ungelenken Körpersprache hielt Wanderschmied an seiner Idee fest und besetzte die Rolle des Hausverwalters mit dem besten Detektiv der Rubens-Stadt.

Die Kellnerin verteilte gerade die von Alisa bestellten Getränke, als Tristan, Tobi und Wanderschmied das Café betraten.

»Ah! Hier habt ihr euch versteckt!« rief Wanderschmied in einem Ton, der jeden Feldwebel stolz gemacht hätte.

»Komm, setz dich, Wolferl!« erwiderte Bobby Kutscher, ein athletischer Mann Anfang dreißig, unbeeindruckt, der den Grafen *Kattwald* spielte. »Es gibt etwas zu feiern.«

»Das gibt es bei euch doch immer«, brummte Wanderschmied verdrossen.

»Alisa ist in Wien angenommen worden«, strahlte Sebastian Lange, der ebenfalls als *Leon* engagiert war.

»Ist das wahr?« Wanderschmied blickte Alisa an.

»Ja!« nickte sie und prostete den anderen zu.

»Dann ist es mir noch unverständlicher«, knurrte der Intendant, »warum ihr hier faulenzt, während wir noch eine ganze Menge Arbeit vor uns haben.«

»Jetzt freu dich mit Alisa«, warf Sven Schürholz ein, der den *Atalus*, den Neffen des Bischofs, mimte. »Du wirst nicht noch mal die Gelegenheit bekommen, die ersten Schliffe an einem so wertvollen Rohdiamanten anzubringen.«

»Hört! Hört!« brummte Hagen und klopfte auf den Tisch.

Wanderschmied war Profi genug, um zu erkennen, dass die Pause zur Klimaverbesserung beitrug und setzte sich.

»Was soll's«, brummte er und blickte zu den großen Fensterscheiben des Cafés, an denen dicke Regentropfen langsam herunterkrochen.

2

Die Sieg rauschte mit lautem Getöse unter Siegens Schandfleck hinweg. Die Geburtsstadt von Peter Paul Rubens hatte es noch nicht geschafft, das Relikt aus den späten Sechzigern, die sogenannte Siegplatte, zurückzubauen. Was einmal willkommener Parkplatz am Fuße Deutschlands steilster Einkaufsstraße war, entwickelte sich in den letzten Jahrzehnten zunehmend als baufälliges Ärgernis, dem leichte kosmetische Korrekturen nur bedingt die Hässlichkeit nahmen. Helga Bottenberg interessierte dies im Moment herzlich wenig. Das trübe Novemberwetter schlug ihr schon genug aufs Gemüt. Mit großen Schritten eilte sie, eingehüllt in einen warmen Mantel, über die mit Pfützen übersäte Siegplatte dem Arion-Theater entgegen. Eine Locke ihrer störrischen Haare fiel Helga ins Gesicht, als ihr eine starke

Windböe fast den Regenschirm aus den Händen gerissen hätte.

»So ein Mistwetter«, fluchte sie, und plötzlich bekam sie Zweifel, ob es ein guter Einfall war, die Proben im Theater unangemeldet zu besuchen.

Helga Bottenberg, Pensionsbesitzerin und Tristan Irles Freundin, quälte sich seit Tagen mit der Vorstellung, ihren Geliebten als Schauspieler auf einer Bühne zu sehen. Ein Eskimo, der eine Ananas vor seinem Iglu spazieren trug, wirkte weniger ungewöhnlich* als Tristan Irle, der rezitierend durch sein viktorianisches Wohnzimmer schritt und „Mörder, Mörder" rief. Sie war von Anfang an gegen dieses Projekt und sah nichts als Scherereien auf Tristan zukommen. Doch sie konnte ihn nicht davon abhalten. Dabei war sie fest davon überzeugt, dass sich ihr Freund lächerlich machen werde. So hatte sie tapfer jede Probe ignoriert – bis heute.

Als sie in der Früh ihre Pension auf der Ginsberger Heide nahe Lützel mit dem Auto verließ und sich in Richtung Siegen aufmachte, überfiel sie plötzlich eine bösartige Unruhe.

Helga litt keineswegs an Überanspannung. Als Pensionsbesitzerin an einem der schönsten Wanderwege Deutschlands, dem Rothaarsteig, war sie turbulente Situationen gewohnt. Termin-

---

* Nun ja, Helga nannte es ungewöhnlich, sie wollte höflich bleiben. Dabei gab es treffendere Bezeichnungen. Die jedoch verursachten bei ihrer Aussprache unangenehme Assoziationen, bei denen man an weiße Jacken mit Schnallen dachte.

druck konnte sie verkraften und Multitasking* war ihr in die Wiege gelegt worden. Deshalb beunruhigte sie das Gefühl einer schleichenden Bedrohung umso mehr, da offensichtlich nichts Gefährliches zu sehen war.

Vor ihr tauchte das Theater in einem grauen Regenschleier auf. Die alte Fassade des in den dreißiger Jahren errichteten Gebäudes mit seinen fünf mächtig geschwungenen Torbögen, die meterhoch in den Himmel ragten, erinnerte an einen römischen Tempel. Die ganz in Weiß gestrichene Fassade verstärkte den Eindruck eines sakralen Gebäudes. Ehrfurchtsvoll näherte sich Helga den beeindruckenden Torbögen.

Eine der großen Flügeltüren war offen, und so betrat Helga zum ersten Mal das Siegener Theater. Eigentlich hielt die Unternehmerin von Theatern so viel wie von Politessen: nichts. Sie war der Meinung, dass Kultur – was auch immer man darunter verstand – für jedermann verfügbar sein sollte, allerdings unter betriebswirtschaftlichen Voraussetzungen. Die meisten deutschen Theater würden unter kaufmännischen Gesichtspunkten in den Bankrott stürzen, wären nicht öffentliche Gelder als Stütze im Spiel. Wo-

---

*Multitasking, die Fähigkeit, mehrere Dinge gleichzeitig zu erledigen, wie z. B. beim Bügeln der Wäsche zu telefonieren, dabei den Backofen im Auge zu behalten, das Kleine daran zu hindern, die Tapete als Leinwand zu benutzen, und nebenbei noch den Mann verarzten, der sich am Grill verbrannt hat. Wird gemeinhin als Fraueneigenschaft betrachtet.

bei wir wieder bei den Politessen wären, deren Arbeit in diesem Zusammenhang als kulturfördernd bewertet werden könnte. Helga ärgerte sich jedoch über die Steuerverschwendung, damit ein paar elitäre Bürger ihrem Kunstgenuss frönen konnten, während Kindergartenplätze teurer als Theater-Abos wurden und die städtischen Schulen Bauruinen sehr nahe kamen. Wer Theaterspiel sehen wolle, so Helgas einfaches Credo, der solle auch bereit sein, den wahren Preis dafür zu zahlen.

Beeindruckt von der Architektur des Foyers sah sie sich um. Die Bauherren hatten das gesamte Gebäude mit Ausnahme der alten Fassade neu errichtet. Der Betonneubau schmiegte sich harmonisch an die alte Ziegelsteinfassade an. Helga erkannte, dass man hier nicht gekleckert hatte. Mit einem flauen Gefühl im Magen wandte sie sich nach rechts, wo sie einen kleinen Schalter ausfindig machte, an dem Eintrittskarten verkauft wurden.

»Einen schönen guten Tag«, wünschte sie einer jungen Frau, die, vertieft in eine Lektüre, hinter dem Schalter saß.

Die junge Frau sah auf, blickte durch die verglasten Torbögen nach draußen und meinte: »So schön ist der Tag nun auch wieder nicht.«

3

Zur selben Zeit, nur eine Mauerbreite entfernt, stand Wanderschmied von seinem Platz auf und rief: »Die Pause ist um, lasst uns nun Pegasus reiten, auf dass uns die Musen hold sind.«

»Was will er?« staunte Sebastian, ein athletischer junger Mann mit kalten blauen Augen. »Sollen wir reiten?«

»Dummkopf«, brummte Hagen und klopfte Sebastian auf die Schulter. »Wolferl mag die alten Griechen.«

»Ich dachte, die Griechen wären Seefahrer«, antwortete Sebastian mit der Ernsthaftigkeit eines Mittzwanzigers, der Theaterspiel als das notwendige Übel auf dem Weg zu einer Filmkarriere betrachtete.

»Hast du während deiner Schauspielausbildung nicht aufgepasst?« antwortete Hagen erstaunt.

»Was für eine Schauspielausbildung?« grinste Sebastian, der auf sein Talent fürchterlich stolz war.

»Das erklärt einiges«, seufzte Hagen und griff seinen Bischofsstab.

Das Café war durch einen kleinen Korridor mit dem Theater verbunden. Der Korridor führte ins Foyer, genauer in einen abgesetzten Bereich nahe der öffentlichen Garderobe. Über eine kleine Treppe gelangte man ins eigentliche Foyer. Wanderschmied führte seine Truppe an, die ihm wie ein mittelalterlicher Pilgerzug folgte.

Helga erklärte gerade der jungen Frau, welches Anliegen sie ins Theater führte, als sie durch den Lärm der Theatertruppe abgelenkt wurde.

Ungläubig starrte sie die kostümierte Gruppe an, dann rief sie überrascht: »Tristan?!«

Der Detektiv, alias *Sigrid* der Hausverwalter, drehte sich um.

»Helga?«, erwiderte er nicht weniger überrascht.

Die anderen blieben stehen und sahen sich nach der zierlichen Frau um, die langsam auf sie zutrat.

»Helga, was für eine Überraschung«, sagte Tristan und ging seiner Freundin entgegen.

»Oh, nicht noch eine Verzögerung«, maulte Wanderschmied.

Unterdessen nahmen sich die beiden in die Arme.

»Tristan, wir haben zu tun«, rief der Intendant ungeduldig und klatschte in die Hände.

»Hört mal«, erwiderte Tristan ungerührt und wandte sich der Gruppe zu. »Das ist Helga, meine Freundin.«

Die Schauspielkollegen grüßten Helga.

»Möchtest du die Probe ansehen?« fragte Tristan leise.

»Deshalb bin ich gekommen«, antwortete Helga. »Meinst du, das geht in Ordnung?«

»Ich denke schon«, nickte Tristan. »Komm einfach mit.«

Sie durchquerten das Foyer und betraten durch einen Nebeneingang den Theatersaal.

»Such dir einen Platz«, flüsterte Tristan und deutete auf die leeren Stuhlreihen.

Helga nickte, drückte ihm schnell noch einen Kuss auf die Wange und verschwand im Dunkeln.

»Also los!« dröhnte Wanderschmied. »Alles auf Ausgangsposition. Die anderen verschwinden hinter die Bühne. Ist die Technik bereit?«

»Ja«, rief eine dunkle Männerstimme.

»Alles auf Position und anfangen«, befahl Wanderschmied.

Die Beleuchtung wurde langsam heruntergefahren. Helga machte es sich bequem und starrte erwartungsvoll auf die in Dunkelheit versinkende Bühne. Einen Augenblick später glühte nur noch das Lämpchen in der Notausgangsbeleuchtung. In die Dunkelheit hinein sprach eine sonore Stimme:

»*Franz Grillparzer, Weh dem, der lügt. Erster Aufzug. Garten im Schlosse zu Dijon, im Hintergrunde durch eine Mauer geschlossen, mit einem großen Gittertor in der Mitte ...*«

Die Kulisse wurde sanft ins Licht gesetzt und Tobi als *Leon* betrat die Bühne, gefolgt von Tristan als Hausverwalter.

»... *Leon*, der Küchenjunge, und der Hausverwalter am Gartentor«, sprach die Stimme im Hintergrund und verstummte.

»*Ich muss den Bischof durchaus sprechen, Herr*«, begann Tobi mit dem ihm eigenen Tonfall.

»*Du sollst nicht, sag ich dir, verwegener Bursch!*« erwiderte Tristan, einen Tick zu schnell.

Es folgte *Leons* Angriff auf den Hausverwalter, den Tristan dieses Mal mit Bravour meisterte. Wanderschmied nickte leicht und verfolgte aufmerksam, wie sich der Dialog der beiden Schauspieler entwickelte.

Hinter der Bühne beobachtete Sebastian ebenfalls das Geschehen. Er war wie Tobi für die Rolle des *Leon* engagiert und würde im zweiten Aufzug Tobis Rolle übernehmen. Neben ihm stand Charlot Kaminski, die ebenfalls als Doppelbesetzung, in ihrem Fall für die Rolle der *Edrita,* eingesetzt werden würde. Charlot hatte jedoch so gar nichts von der Feengestalt einer Alisa Altenberg. Während Sebastian und Tobi annähernd auf gleichem Niveau spielten, fiel Charlot gegenüber Alisa mächtig ab. Als Enkelin des Vorsitzenden des Trägervereins konnte er sie aber nicht umgehen. Wanderschmied hoffte, dass er Charlot nie einsetzen musste.

»Sie machen sich gut«, flüsterte Charlot.

»Tobi sollte Tristan mehr unterstützen«, maulte Sebastian. »Da siehst du, er muss Tristan mehr Zeit geben.«

Die Szene näherte sich ihrem Ende, als Hagen alias *Bischof Gregor* auf der anderen Seite der Bühne hinter dem Vorhang erschien.

Hagen wartete konzentriert auf sein Stichwort.

Draußen auf der Bühne rief Tobi: »*Herr, ich entwisch Euch doch.*«

Dies war das Stichwort und Hagen trat ins Rampenlicht. Tobi und Tristan verließen die Bühne und blieben bei Sebastian und Charlot stehen.

Hagen begann mit kräftiger Stimme seinen Monolog, während Tristan im Schutze des Vorhangs erleichtert lächelte.

»Das war gut, Tristan«, lobte Sebastian und blickte hämisch zu Tobi.

»Danke«, nickte der Detektiv, »hoffentlich hat Wolferl den gleichen Eindruck.«

Tobi verfolgte Hagens Monolog und bekam von Sebastians Äußerung gar nichts mit. Sobald der Monolog des *Bischofs* endete, musste er wieder auf die Bühne.

Für Tristan war die Generalprobe vorüber. Er trat nur zu Beginn des Stücks in Erscheinung. Jetzt konnte er entspannt den Rest der Aufführung verfolgen. Einige Minuten später fiel Tobis Stichwort, und er trat erneut ins Scheinwerferlicht. Während der *Bischof* dem Küchenjungen seinen Kummer erklärte, zog sich Tristan leise zurück.

4

»Was denkst du dir, Alisa!« zischte Martin Bäcker böse.

Alisa und Martin standen in einer der Künstlergarderoben, die man als Gemeinschaftsraum umfunktioniert hatte, tief unten im Bauch des Theaters.

Der Sohn einer Italienerin und eines deutschen Vaters entsprach Wanderschmieds Vorstellung von *Galomir,* dem etwas beschränkten

Bräutigam von *Edrita.* Martin hatte den dunklen Teint seiner Mutter geerbt und die Dackelaugen seines Vaters. Seine bullige Statur und die struppigen Haare verwandelten ihn bei der richtigen Körperhaltung zu einem liebenswerten Trottel. Doch so beschränkt, wie Martin *Galomir* in dem Stück spielte, war er selbst nicht. Der Mann Ende zwanzig besaß ein ausgeprägtes Gespür für Beziehungskrisen.

Er selbst hasste diese Fähigkeit, denn wo immer er auf Pärchen traf, war eins darunter, das schöne heile Welt spielte. In den meisten Fällen begnügte er sich mit der Kenntnisnahme. Gefiel ihm eine Frau, nutzte er die Situation schon mal aus, aber mahnend eingreifen tat er selten. Die Scheinheiligkeit, mit der die Paare auftraten, widerte ihn an.

Bei Alisa und Sebastian war das etwas anderes. Sie gehörten zur Truppe, und da dummerweise Alisa etwas mit Tobi anzufangen schien und Martin wusste, wie eifersüchtig Sebastian reagieren würde, brach er seinen Vorsatz und stellte Alisa in der Garderobe zur Rede.

»Das geht dich gar nichts an«, fauchte Alisa, die sich auf ihren Auftritt vorbereiten wollte.

»Und ob«, erwiderte Martin, »du gefährdest das ganze Stück.«

»Jetzt beruhige dich«, lächelte Alisa und setzte ihr schönstes, unschuldiges Mädchenlächeln auf. »Lass uns später darüber reden, bitte.«

Martin schüttelte den Kopf, sah die junge Schauspielerin nochmals nachdenklich an und nickte schließlich.

In diesem Moment betrat Tristan den Raum.

»Alisa«, staunte Tristan, »du bist noch hier unten?«

»Keine Angst«, antwortete sie vor ihrem Auftritt so entspannt, dass Tristan sie darum beneidete, »jetzt dürfte der böse Graf *Kattwald* gerade mit *Leon* seinen Handel machen.«

Und in der Tat erschien wie aufs Stichwort Tobi im Garderobengang.

»Sebastian hat die Rolle jetzt übernommen«, sagte er etwas außer Atem, dann betrachtete er Alisa mit einem schüchternen Lächeln.

»Dann sollte ich mich mal nach oben begeben«, antwortete Alisa. »Sehe ich gut aus?«

Selbst Tristan merkte, dass die Frage zwar an alle gerichtet war, aber nur von einem beantwortete werden sollte.

»Das Sommerkleid steht dir, als wäre es für dich gemacht«, antwortete Tobi, für einen Schauspieler viel zu hölzern.

»Danke«, grinste Alisa selbstbewusst, »es ist für mich gemacht.«

Sie zupfte ihre Haare vor einem Spiegel noch ein wenig zurecht, dann sagte sie: »Bis später, Jungs.«

Oben auf der Bühne wurden sich *Kattwald* und *Leon* einig. Der Küchenjunge war nun des Grafen Koch geworden.

Helga war von der bisherigen Inszenierung begeistert. Die prächtigen Kostüme und die liebevoll gemalte Kulisse entsprachen genau ihrem romantischen Geschmack. Obwohl sie vorher keine Ahnung hatte, um was für ein Stück es sich handelte, bekam sie langsam eine Vorstellung davon, wie sich die Handlung fortsetzen könnte. Sie wusste nun, dass der Neffe des Bischofs vom bösen Grafen *Kattwald* gefangen gehalten wurde und *Leon* sich bereit erklärt hatte, den Neffen aus *Kattwalds* Gefangenschaft zu befreien. Doch der Bischof schwor *Leon* drauf ein, bei seiner Aktion nicht zu lügen. Mit einer List verschaffte sich *Leon* Einlass in *Kattwalds* Burg und war gerade als Koch vom Grafen eingestellt worden.

Helga grinste, denn *Leon* hatte bis jetzt nicht einmal gelogen.

Auf der Bühne erschien zum ersten Mal *Edrita.* Helga stockte der Atem. Die zierliche Gestalt *Edritas* fokussierte sofort ihren Blick. Sie konnte nicht sagen, was sie an *Edrita* im Speziellen faszinierte. Es war das Gesamtbild, das Tristans Freundin in den Bann schlug.

Die Szene begann mit einem kurzen Disput zwischen *Kattwald* und seiner Tochter *Edrita,* die sich schließlich dem Neuankömmling *Leon* zuwandte.

Helga war sehr schnell klar, dass sich zwischen den beiden etwas anbahnen würde, und so wunderte sie sich auch nicht, als *Edrita,* ganz Grafentochter, *Leon* erst einmal hochnäsig zur

Rede stellte. Doch *Leon* war nicht auf den Mund gefallen und konterte frech jeden verbalen Angriff der schönen *Edrita*. Helga spürte in ihrer Sitzreihe, wie sich die feindselige Stimmung zwischen den beiden Figuren auf der Bühne mit jedem Satz mehr aufzulösen schien. Sie merkte gar nicht, wie sich Tristan plötzlich neben sie setzte und zuckte erschreckt zusammen, als er sie leicht berührte.

Zwischen *Edrita* und *Leon* hatte es *gefunkt* und mit der Absicht, im Kräutergarten nach Kräutern zu suchen, verließen die beiden die Bühne.

»Hallo Schatz«, flüsterte Tristan, der immer noch das Kostüm trug, »gefällt's dir?«

Helga nickte ihrem Freund kurz zu, dann blickte sie wieder zur Bühne.

Das Bühnenbild hatte sich verändert. Man sah einen Kräutergarten mit Obstbäumen. Von links betrat *Kattwalds Kommandant* und *Atalus*, des Bischofs Neffe, die Bühne. Es folgte ein kurzer Dialog zwischen *Atalus* und dem *Kommandanten*, dann verließ der Soldat die Szene. *Atalus* setzte sich auf den Boden und von rechts erschien *Edrita* mit einem Korb in den Händen, gefolgt von *Leon*.

»Sie ist wunderschön«, hauchte Helga.

Tristan nickte.

Auf der Bühne setzte sich jetzt auch *Leon* auf den Boden und *Edrita* gab ihm den Korb. Sie verabschiedete sich und verschwand hinter dem Vorhang.

Leon begann den Inhalt des Korbes auf dem Boden auszubreiten, als plötzlich ein Schrei die Szene zerstörte.

Helga zuckte zusammen und sah, wie sich *Leon* die rechte Hand hielt und sich kurz danach vor Schmerzen krümmte. Erschreckt verfolgte sie, wie *Atalus* aufsprang und zu *Leon* eilte. Als auch Tristan neben ihr aufsprang, ahnte sie, dass dies nicht mehr zum Schauspiel gehörte.

5

Norbert Pfeiffer, Hauptkommissar bei der Mordkommission Hagen, blickte skeptisch auf den kleinen Bildschirm einer weißen Nintendo DS.

»Das Ding verarscht mich«, knurrte er und tippte mit einer Art Bleistift auf das Display ein.

»Nicht so fest«, warnte Werner Holzbaum, Kommissar und Pfeiffers Partner. »Du zerstörst noch den Bildschirm.«

Der zierliche Hauptkommissar rückte seine Nickelbrille zurecht und begann dann erneut, mit dem Stift auf das kleine Spielgerät einzuhacken.

»Dieser Dr. Kawashima spinnt«, brummte Pfeiffer erregt. »Diese Japaner sollte man alle verhaften!«

Der Hauptkommissar war bei einer Razzia über den kleinen Spielcomputer gestolpert, und statt ihn in der Asservatenkammer abzugeben, hatte er ihn aus Ermittlungsgründen kurzerhand behalten. Die Dinger waren ja mittlerweile so ausgereift, dass man damit problemlos wichtige Informationen verstecken oder transportieren konnte. Pfeiffer hatte keine weiteren Hinweise oder Beweise für ein Verbrechen gefunden, stattdessen stieß er auf das Gehirn-Jogging-Programm des Dr. Kawashima, das ihn mehr forderte als die kleinen Dealer, die sie bei der Razzia festgenommen hatten.

»Hier gehört eine Zwei hin«, zischte Pfeiffer plötzlich, »aber das Ding akzeptiert sie nicht.«

»Lass mal sehen«, antwortete Holzbaum und stand gemächlich aus seinem Bürostuhl auf. Holzbaum drückte eine Waage problemlos doppelt so tief nach unten wie sein Chef. Mehrere Diäten und der ein oder andere stressige Mordfall hatten es nicht geschafft, dass der Kommissar etwas von seinem Gewicht verloren hätte. Irgendwann in den letzten Monaten kam er zu dem Entschluss, der Natur ihren freien Lauf zu lassen. Dadurch verlor er zwar kein Gramm Körperfett, aber er fühlte sich seit Langem wieder wohl in seiner Haut – auch wenn es sehr, sehr viel Haut war.

»Da gehört keine Zwei hin«, sagte Holzbaum entschlossen.

»Natürlich«, konterte der Hauptkommissar und begann, die Quadrate des Sudoku-Spiels zu kontrollieren.

Nach einer Weile stieß er einen lauten Seufzer aus und sagte: »Du hast Recht, es ist die Vier, die fehlt.«

Er tippte die Vier ein und eine lustige Melodie ertönte.

»Ha«, grinste Pfeiffer und wartete darauf, welches Alter der kleine Spielcomputer ihm jetzt attestierte.

»25!« rief er erfreut, »wer sagt es denn!«

»Du hast geschummelt«, kommentierte Holzbaum trocken.

»Hab ich gar nicht«, erwiderte der Hauptkommissar und legte den Spielcomputer beiseite.

Die Bürotür wurde aufgerissen und ein aufgeregter Streifenpolizist stürmte herein.

»Mensch, hab ich euch endlich gefunden«, japste er nach Luft. »Ist euer Telefon kaputt?!«

Pfeiffer blickte auf seinen Schreibtisch und griff zum Telefonhörer, der schlummernd neben dem Telefonapparat lag.

»Nein«, antwortete er und legte den Hörer in die Gabel zurück.

»Ihr habt Nerven«, meinte der Streifenpolizist und schüttelte den Kopf. »Staatsanwalt Büdenbender sucht euch, dringend!«

Pfeiffer und Holzbaum sahen sich kurz an, und dann griffen sie nach ihren Handys, die sie der Ruhe wegen ebenfalls ausgeschaltet hatten.

»Ich habe sechs Nachrichten«, staunte Pfeiffer, als er wieder Empfang mit seinem Handy hatte.

»Was ist eigentlich geschehen?« fragte Holzbaum, der nicht weniger Nachrichten empfing.

»Irgendetwas im Theater«, antwortete der Polizist, »ihr sollt euch sofort auf den Weg machen.«

Die Kreispolizeibehörde lag an einer breiten Hauptstraße, die durch die Stadt Siegen führte. Von der Behörde bis zum Theater in der Innenstadt war es nur ein Katzensprung. Das war jedoch kein Grund für Pfeiffer, nicht auf das Gaspedal zu drücken. Mit Blaulicht und der dazugehörigen Sirene jagte er durch den Feierabendverkehr, dass Holzbaums Blutdruck gefährlich hochschoss. Der Kommissar hasste hohe Geschwindigkeiten wie der Teufel Weihwasser. Das Einzige, was seine Arterien vor dem Platzen schützte, war die Gewissheit einer kurzen Fahrt.

Sie passierten das Kölner Tor, wo ein paar ganz Mutige dem grünen Fußgängerzeichen mehr Beachtung schenkten als Pfeiffers Blaulicht und damit die Aufnahmeprüfung für eine Stuntmenausbildung erfolgreich absolvierten. Dann bogen sie in die Bahnhofstraße ein, passierten „Henner und Frieder", zwei Bronzedenkmäler, die an die alte Zeit der Bergleute erinnerten, und hielten kurz darauf vor dem Theater.

Dort erwartete sie eine größere Menschenmenge, die sich mit Regenschirmen bewaffnet um einen Krankenwagen und zwei Polizeiautos scharte.

Pfeiffer und Holzbaum eilten zum Eingang, wo sie ein Streifenpolizist erwartete.

»Der Staatsanwalt ist schon drin«, sagte der Polizist, während er die Menschenmenge im Auge behielt. »Sie müssen links rum.«

Pfeiffer nickte und durchquerte mit Holzbaum das Foyer.

Sie betraten den Theaterraum durch den linken Seitenausgang und blieben abrupt stehen, als ihnen ein *Bischof* sichtlich verstört entgegenkam.

»Was ist denn hier los?« fragte sich Pfeiffer.

»Theater«, antwortete Holzbaum und machte dem Bischof Platz.

»Na, das kann ja heiter werden«, flüsterte Pfeiffer und erkannte Staatsanwalt Friedrich Büdenbender. »Da ist der große Macker!«

Holzbaum hatte den Staatsanwalt ebenfalls erkannt und nickte.

Friedrich Büdenbender war nicht irgendein Staatsanwalt, er war sozusagen der Leitwolf, das Alphamännchen, Rudelführer oder im schlichten Amtsdeutsch: Er war Oberstaatsanwalt. Sein Hang zu extravaganter Kleidung, die ihn leicht dandyhaft erscheinen ließ und nicht immer der goethischen Farbenlehre entsprach, verleitete unbedachte Bürger schnell zu einer fatalen Einschätzung. Ihnen war nicht klar, dass selbst ein pinkfarbener Panther immer noch ein Raubtier blieb.

Büdenbender stand mit einem jungen Mann zusammen, der wie ein Bauernjunge auf Rubens' Bildern gekleidet war.

Die beiden Kommissare bahnten sich den Weg durch eine Schar kostümierter Menschen hinauf auf die Bühne.

Als Büdenbender die beiden Beamten erkannte, schien er zum ersten Mal erfreut zu sein, sie zu sehen.

Pfeiffers innere Alarmanlage heulte mächtig auf.

»Da sind Sie ja endlich«, donnerte Büdenbender ungeachtet seiner vorhergegangenen Reaktion.

So mochte der Hauptkommissar den Staatsanwalt schon lieber, dennoch blieb er auf der Hut.

»Wo haben Sie so lange gesteckt«, polterte Büdenbender weiter, »hier hat es einen schrecklichen Anschlag gegeben.«

Er deutete auf eine Leiche, die seltsamerweise dasselbe trug wie der junge Mann neben Büdenbender. Holzbaum zückte sein Notizbuch, während Pfeiffer etwas irritiert Tobi Büdenbender anstarrte, der neben seinem Onkel stand.

»Das hier ist mein Neffe«, erklärte Büdenbender und deutete auf Tobi, »der arme Kerl da auf dem Boden ist Sebastian Lange, die Doppelbesetzung.«

»So«, nickte Pfeiffer und sehnte sich ebenfalls nach einer Doppelbesetzung, denn was er beim ersten Blick auf die Leiche gesehen hatte, reichte aus, sich an einen anderen Ort zu wünschen.

Als ihn dann auch noch eine vertraute Stimme begrüßte, die im ersten Moment gar nicht zu der Gestalt passte, die hinter dem Vorhang erschien, wusste er, dass das Beste des Tages schon hinter ihm lag.

»Irle?!« fragte er überrascht und musterte den Mann in der mittelalterlichen Robe.

»Hallo, Pfeiffer«, antwortete Tristan, »ja, ich bin's.«

»Da brat mir doch einer einen Storch«, zischte der Hauptkommissar.

Tristan begrüßte Holzbaum und wandte sich dann wieder Pfeiffer zu.

»Der junge Mann wurde heimtückisch ermordet«, erklärte der Detektiv und beugte sich zu Sebastians Leiche, neben der ein Korb stand. »Irgendein Gift, sehen Sie hier.«

Tristan deutete auf eine Art Mausefalle, die in dem Korb mit zahlreichen Kräutern lag. Die Falle bestand aus einer Spannfeder und einem Bügel, an dem zwei Dornen befestigt waren. Die Spitzen der Dornen wurden abgebrochen, als Sebastian die Falle auslöste. Sie hatten sich tief in seinen Handrücken gebohrt. Der Arzt und Tristan vermuteten, dass die Dornenspitzen mit Gift behandelt worden waren. Doch niemand konnte im Augenblick sagen, um welche Sorte Gift es sich handelte.

»Sebastians Todeskampf war schrecklich«, flüsterte der Detektiv. »Zuerst spuckte er Blut, dann begann er sich vor Schmerzen zu krümmen und übergab sich.«

Tristan machte eine Pause.

Pfeiffer schwieg. Er konnte sich gut vorstellen, wie die Schauspielertruppe mitgelitten haben musste.

»Als der Notarzt eintraf, lebte Sebastian noch, doch der Arzt konnte nichts mehr machen«, seufzte Tristan. »Sein Kreislauf brach völlig zusammen. Zudem muss er starke innere Blutungen gehabt haben.«

»Das werden wir herausbekommen«, unterbrach Pfeiffer den Detektiv. »Aber jetzt erklären Sie mir doch erst mal, was Sie hier eigentlich machen?«

6

Intendant Wolferl Wanderschmied stand da, als hätte die Visagistin sein Gesicht in eine Totenmaske verwandelt.

»Ich muss Justus anrufen«, flüsterte er zitternd und nestelte ein Handy aus seinem Cordjackett.

Neben ihm lehnte der Bühnenmeister des Theaters an der Wand und nickte. Der schreckliche Mordanschlag löste bei ihm nur eine eher solidarische Empörungshaltung aus. Das hatte nichts mit Kaltherzigkeit zu tun. Irgendetwas in seinem Verstand hoffte noch, dass Sebastian einfach aufstehen würde. Bühnenmorde gab es schließlich seit Beginn des Dramas, und sie wurden im Laufe der Zeit immer besser in Szene gesetzt. Hätte der Bühnenmeister allerdings eine Szenenwertung abgeben müssen, wäre das Ergebnis niederschmetternd ausgefallen. Viel zu theatralisch und eindeutig viel zu viel Blut.

Und die Schweinerei, dachte er verärgert, durfte er jetzt wegmachen.

Dabei hatte der Bühnenmeister erst vor ein paar Tagen Wasserschäden ausbessern dürfen, die durch eine versehentlich ausgelöste Sprinkleranlage verursacht wurden. Jetzt konnte er den Bühnenboden erneut abschleifen und neu streichen.

»Bernd«, Wanderschmied tippte ihn von der Seite an, »hast du dein Handy dabei? Mein Akku ist leer.«

»Ja sicher«, nickte der Bühnenmeister, kramte sein Handy aus der Hosentasche und reichte es seinem Chef.

Der Intendant blickte auf das Telefon und sah dann hilflos zu Bernd.

»Äh«, klang es gequält aus seiner Kehle, »hast du Justus' Nummer zufällig im Kopf?«

In diesem Moment bahnte sich ein älterer, sehr gut gekleideter Herr lauthals einen Weg durch die Polizeibeamten, die ihn vergeblich daran hinderten, den Theatersaal zu betreten.

»Die brauchst du nicht mehr«, antwortete der Bühnenmeister und deutete auf den hereinstürmenden Mann.

»Oh«, schluckte Wanderschmied und eilte dem Neuankömmling entgegen.

»Wolferl!« rief Justus Kehrer, Vorsitzender des Theaterträgervereins. »Was geht hier vor?«

Wer Justus bis jetzt noch nicht im Saal wahrgenommen hatte, tat es in diesem Augenblick. Mit der Energie einer Dampframme schubste er sich den Weg frei. Eigentlich war der Vorsitzende ein herzensguter Mensch. Ein ehrbarer Kaufmann, der hie und da einige Tricks aufgeschnappt hatte und sie mehr schlecht als recht ab und zu selbst einsetzte. Ging es jedoch um sein Baby, das Theater, dann verwandelte sich Justus von einem liebenswerten Onkel in eine feuerspuckende Bestie. Und wie das so ist bei Bestien, wenn die mal losgelassen sind, brennen sie nicht selten ihr eigenes Nest in Schutt und Asche.

Den anderen Vorstandsmitgliedern und natürlich Wolferl Wanderschmied war diese etwas besondere Charaktereigenschaft bekannt. In den meisten Fällen, so bei Ratssitzungen, in Kulturgremien und in öffentlichen Anhörungen, wussten die Theaterfreunde sich mit Justus gut bewaffnet, sollte doch jemand mal die Frage nach dem Sinn eines Luxuskulturtempels stellen. Jede arme Seele, die solche frevelhaften Gedanken laut aussprach, sprang Justus – metaphorisch – an die Kehle und biss zu.

Die Polizei, und in diesem Fall die *echte* Polizei, nun im Theater rumschnüffeln zu lassen, war für Justus ein unerträglicher Gedanke. Das sah man seinem Gesichtsausdruck an, als er endlich den Intendanten zur Rede stellen konnte.

»Wolferl, was geht hier vor?« wiederholte der Vorsitzende seine Frage.

Wanderschmied beantwortete sie in zwei kurzen Sätzen und deutete auf die zugedeckte Leiche.

»Das ist ja schrecklich«, empörte sich Justus, als wäre Wanderschmied verantwortlich für den Mord. »Wann können Sie mit der Probe fortfahren?« hakte Justus nach.

»Sobald der Tatort freigegeben wird«, stöhnte Wanderschmied.

»Tatort?« knurrte Justus, »das ist eine Bühne. Mit wem muss ich sprechen?«

»Vermutlich mit dem Staatsanwalt«, überlegte Wanderschmied laut.

»Und welcher von denen da oben auf meiner Bühne ist dieser Staatsanwalt?« Justus hätte sie am liebsten mit dem Bischofsstab, den Hagen am Bühnenrand abgelegt hatte, aus dem Theater geprügelt.

»Der neben *Leon*«, antwortete Wanderschmied und erklärte Justus die familiären Verhältnisse. »Tobi Büdenbender ist der Neffe des Staatsanwaltes Büdenbender.«

»Gut, dann will ich mal sehen, was ich machen kann«, zischte der Vorsitzende und marschierte geradewegs auf die Bühne zu.

7

Unterdessen erklärte Tristan dem Hauptkommissar, wie er zum Schauspiel gekommen war. Pfeiffer hörte gar nicht richtig zu, da seine Aufmerksamkeit von Justus Kehrer in den Bann gezogen wurde.

Der Hauptkommissar verfolgte Justus' Auftritt mit dem Interesse eines zwölfjährigen Jungen, der unter einem Flussstein Frösche entdeckt. Als Pfeiffer den Vorsitzenden auf die Bühne zukommen sah, grinste er. Es war das Grinsen eines Jungen, der genau wusste, was man alles mit einem Strohhalm und einem Frosch anfangen konnte.

»Ich denke«, unterbrach er Tristan, »dass wir jetzt übernehmen. Richtig, Herr Staatsanwalt?!«

»Natürlich«, erwiderte Büdenbender, »ich werde Tobi nach Hause fahren.«

»So!« tönte es aus den Rängen. »Ist die Probe denn schon vorbei?«

Büdenbender sah sich nach der Quelle des unerhörten Tonfalls um. Pfeiffers Grinsen wurde immer breiter.

Justus stieg gemächlich die Stufen zur Bühne hinauf. Sein Blick verriet feste Entschlossenheit.

»Mein Name ist Justus Kehrer«, stellte er sich vor, während seine Augen den Staatsanwalt fixierten. »Und gemeinhin entscheidet der Regisseur, wann die Probe beendet ist, Herr Büdenbender. Wenn ich richtig informiert wurde.«

»Und welche Funktion haben Sie inne, Herr Kehrer?« fragte der Staatsanwalt mit einem kalten Lächeln. »Der Regisseur sind Sie schon mal nicht.«

Justus starrte Büdenbender überrascht an. Der Vorsitzende ging davon aus, dass man ihn kannte. »Wie bitte?« zischte er und eine Welt brach für ihn zusammen.

Büdenbender platzte der Kragen. »Mann! Wenn Sie nichts zum Fall beitragen können, dann scheren Sie sich vom Tatort!«

Justus fiel wortwörtlich die Kinnlade hinunter. Er war im ersten Moment so geschockt über Büdenbenders Betragen, dass er sich widerstandslos von einem Streifenpolizisten von der Bühne eskortieren ließ. Erst als er dem Seitenausgang näher kam, regte sich sein Ego.

»Moment mal«, schrie er plötzlich, so dass er wieder die ganze Aufmerksamkeit der Anwesenden genoss. Justus drehte sich erneut zur Bühne um und rief: »Was erlauben Sie sich, Herr Staatsanwalt? Das ist mein Theater und niemand wirft mich aus meinem Theater hinaus.«

Einer der Beamten fasste ihn am Oberarm, doch der alte Mann wehrte sich und knurrte laut: »Lassen Sie die Hände von mir!«

Wanderschmied, der die ganze Szene mit einer Mischung aus Faszination und Entsetzen verfolgt hatte, atmete tief ein und rief: »Herr Büdenbender, Herr Kehrer hat das Hausrecht.«

Büdenbender sah zu Pfeiffer, der zuckte gelassen mit der Schulter, doch Tristans warnenden Blick ignorierte der Staatsanwalt nicht.

»Lasst ihn los«, befahl Büdenbender.

»Das wird ein Nachspiel haben«, drohte Justus mit der Wut des Gekränkten. »Sehen Sie zu, dass die Bühne frei wird. Wir haben Freitag eine Premiere.«

Mit hochrotem Kopf verließ der Vorsitzende anschließend den Theatersaal mehr oder wenig freiwillig.

»Was für ein Abgang«, kommentierte Pfeiffer, »bekommen Sie den auch so hin, Herr Irle?«

Tristan verstand die Frage als Aufforderung zu gehen und verabschiedete sich mit der tiefen Gewissheit, dass diesem Abgang ein Wiedersehen folgen würde.

Er trat hinter den Vorhang und verließ über die Seitenbühne den Tatort. Eine kleine Treppe führte hinunter in die Katakomben des Theaters. Müde schlich er den Garderobengang entlang. Das Kostüm kratzte und er schwitzte. Es wurde Zeit, die Klamotten zu wechseln. In seiner Garderobe angekommen, ließ er sich nachdenklich in einen Sessel fallen. Es war still in den Räumen und Tristan genoss die Ruhe. Eine Weile starrte er ein fremdes Gesicht im Spiegel an, dann begann er die Schminke aus seinem Gesicht zu wischen. Als er damit fertig war, zog er vorsichtig das Kostüm aus und wechselte in seine gewohnte Straßenkleidung. Zum Schluss streifte er eine seiner Lieblingsstrickjacken über und fühlte sich wieder als Privatdetektiv Tristan Irle. Er räumte die Garderobe auf, hängte das Kostüm in den dafür vorgesehenen Schrank und betrat den Gang.

»Das war ganz sicher er«, hörte er eine Stimme flüstern.

»Wie kommst du darauf?« fragte jemand anderes.

Licht fiel durch den Spalt einer offenen Garderobentür in den Gang. Leise schlich sich Tristan an die Tür heran.

»Sebastian«, hörte er die Männerstimme erklären, »war viel zu gut.«

»Deshalb bringt man keinen Menschen um«, erwiderte der andere.

»Nicht allein deshalb«, antwortete die Männerstimme sarkastisch, »aber wenn Karriere ins Spiel kommt.«

»Du spinnst doch«, empörte sich der andere, »außerdem, du hast ja gehört, was Tristan sagte. Woher sollte er das Gift haben?«

»Schließ die Tür«, befahl die Männerstimme, »dann erklär ich es dir.«

Die Tür fiel ins Schloss.

In diesem Augenblick tauchte Helga im Gang auf und fragte: »Können wir gehen? Ich will nach Hause.«

Tristan sah, wie mitgenommen seine Freundin aussah. Er blickte zur Garderobentür, schien einen Augenblick zu überlegen, dann nickte er und antwortete: »Lass uns gehen.«

8

Die Turmuhr der Nikolaikirche schlug sechs Mal, als die beiden das Theater verließen. Das Wetter hatte sich nicht wesentlich verbessert. Immer noch hielt Novemberregen das Land im Griff. Dicke Wolkenfetzen kratzten an den bebauten Berghängen der Stadt, schlichen weiter durchs nächste Tal, bis sie wieder gegen einen Hang stießen. Und es wurde nicht besser. Mit der einbrechenden Dunkelheit begann ein starker Westwind die letzten Blätter der Zierbäume der Stadt samt Regen durch die menschenleeren Straßen zu wirbeln.

Helga und Tristan beeilten sich nach Hause zu kommen.

Als vor über tausend Jahren die Stadt Siegen gegründet wurde, bestand sie aus ein paar Hütten an einem kalten Fluss. Natürlich besaß die damalige Siedlung noch nicht den Status einer Stadt, aber die Bewohner waren damals schon clever genug, die natürlichen Ressourcen zu nutzen. Sie förderten Eisenerz und wussten es zu verarbeiten. So wuchs die Siedlung und wurde bald als Stadt in den Archiven der Fürsten geführt. Auf der Kuppe eines besonders strategischen Berges hatte man eine Festung gebaut, um die sich im Laufe der Zeit immer mehr Häuser angesammelt hatten. So dehnte sich die Stadt mit den Jahrhunderten aus, wuchs und veränderte sich. Aus der alten Festung wurde das Obere Schloss, und die alte Stadtmauer war nur noch an wenigen Stellen in der Stadt zu sehen. Die Topografie änderte sich jedoch nicht. Der damals strategisch ausgewählte Ort behielt seine wichtigste Eigenschaft: Er blieb ein steiler Berg, den es noch heute emporzusteigen galt, wohnte man im Altstadtbezirk. Tristans altes Fachwerkhaus lag neben der Marienkirche unweit des Rathauses genau in diesem Altstadtbezirk.

So brach das Paar Arm in Arm am Siegufer auf. Unter Helgas Regenschirm verborgen schritten sie auf das Kölner Tor zu. Dort trotzte noch ein Teil der ehemaligen mächtigen Stadtmauer der miesen Witterung. Das Paar ignorierte das alte Bauwerk und folgte der Kölner Straße, bis es auf Höhe des alten Postamtes in die Alte Poststraße wechselte.

Immer heftigere Windböen jagten durch die Straßen. Eine erfasste Helgas Schirm und riss ihn herum.

»Wir sollten uns beeilen«, mahnte Tristan und bog die Speichen des Schirms wieder zurecht.

Helga nickte und schmiegte sich enger an ihren Freund.

Sie überquerten die Löhrstraße und erreichten einen kleinen Hof, der sich hinter der Marienkirche auftat. Tristans Fachwerkhaus war eines von vielen in der Altstadt, das liebevoll vom Besitzer restauriert worden war. Es stand gegenüber der Marienkirche und begrenzte mit weiteren den kleinen Hof, dessen nasse Pflastersteine im matten Licht zweier Straßenlaternen schimmerten.

Tristan führte Helga zur Haustür, die aus alten Eichenbrettern bestand.

»Ich hole Marlowe«, sagte er und blickte zum Kirchenschiff der Marienkirche.

Helga reichte Tristan den Schirm und öffnete die Haustür.

Der Detektiv eilte über den Hof zum Nebeneingang der Marienkirche. Krächzend schob er einen der schweren Torflügel auf und betrat die Kirche.

Das barocke Schmuckstück der Stadt wurde im Zweiten Weltkrieg stark beschädigt. Erst in den letzten Jahren erhielt der Innenraum seine barocke Gestaltung zurück. Doch *Usswärdijen* sei gesagt, dass sie sich in einer puritanischen Hochburg befinden und folglich die für das Barock typische, opulente Ausstattung eines Kirchenraumes in Siegen etwas spartanischer ausfiel.

Vorsichtig schritt der Detektiv in den Hauptgang. Im Kirchenschiff brannten nur zwei schwache Notleuchten. Das Licht der beiden Straßenlaternen im Hof drang durch die hohen Kirchenfenster und warf graumatte Strahlen in die Kirche. Im diffusen Licht sah Tristan vor dem Altar einen Mann in schwarzer Robe knien. Zwei riesige Heiligenfiguren flankierten den Altar, hinter dem ein schlichtes Kreuz hing. Ein paar Schritte links vom Altar stand das Taufbecken.

Tristan hörte den Mann ein Gebet murmeln – und noch etwas hallte im Kirchenschiff. Ein

Geräusch, als würde jemand mit einer Knochenspitze über den Marmor kratzen. Es wirkte bedrohlich, da es in unregelmäßigen Abständen erklang.

Der Mann am Altar richtete sich auf. Er war riesig. Sein Schatten war fast so lang wie der der Heiligenfiguren.

»*Gonowend,* Erich«, grüßte Tristan seinen langjährigen Freund, Erich Roth.

Der Diakon der Marienkirche drehte sich um. Er maß über zwei Meter und wirkte in seiner schwarzen Kleidung bedrohlich.

Erich trat einen Schritt vor ins Licht. Sein klassisches Römergesicht lächelte, als er den Gruß erwiderte.

»Wo versteckt sich Marlowe?« fragte der Detektiv.

»Oh, eben war er noch neben mir«, antwortete Erich und sah sich um. »Wie war die Generalprobe?«

»Mörderisch«, antwortete Tristan.

Draußen wuchs der Sturm zu einem Gewitter. Es donnerte – und plötzlich flatterte ein weißer Vogel aus dem Dunklen heran.

Tristan streckte seinen rechten Arm aus, auf dem der Kakadu landete.

Marlowe, der Kakadu, sträubte seinen Kamm und brabbelte: »Hu! Draußen welch ein schreckliches Grausen! / Blitz, Donner, Nacht und Sturmesbrausen.«

2. Gewitterböen wälzten ...

Dienstagabend

Gewitterböen wälzten sich durch den Hof. Tristan drückte mit aller Kraft den Torflügel der Marienkirche auf.

»Was für ein Wetter«, sagte er reflexartig, als die ersten Regentropfen in seinem Gesicht zerplatzten. Marlowe kauerte auf seinem rechten Arm und schien alle Federn fest zusammengedrückt zu halten.

»Es ist November«, antwortete Erich mit einer tiefen Baritonstimme hinter ihm. Er stemmte sich ebenfalls gegen den Torflügel. »Der Wind ist extrem stark«, stellte er verwundert fest.

»Die Klimakatastrophe«, brummte Tristan. »Bringt alles durcheinander.«

»Unsinn«, erwiderte Erich, er musste gegen das Heulen des Windes anschreien. »Das war schon immer so. Wir haben uns das nur nie genau angesehen, geschweige denn, uns dazu Gedanken gemacht.«

»Dein Gottvertrauen würde ich gerne haben«, rief Tristan und verfolgte, wie ein Ast plötzlich aus dem Dunkeln herbeigeflogen kam und gegen das Kirchenschiff geschleudert wurde. »Ich gehe als Erster und halte dir die Haustür offen.«

Erich nickte und stemmte sich mit seiner ganzen Kraft gegen den Türflügel.

Tristan lief los.

Seinen rechten Arm, auf dem Marlowe saß, hielt er eng am Körper. Eine Sturmböe quetschte sich zwischen die Häuserzeilen und fegte über den Hof, als Tristan die Mitte des Hofes erreichte. Instinktiv verlagerte er sein Gewicht, als die Luftmasse gegen seinen Körper drückte. Jahrelanges Aikido-Training zahlte sich wieder mal aus. Völlig durchnässt, Strickjacken schienen Feuchtigkeit gerne Unterschlupf zu gewähren, erreichte er die eichene Haustür und drückte die Klinke herunter.

Während die Kirchentüren nach außen aufgingen, verhielt es sich mit den meisten Haustüren genau umgekehrt, sie gingen nach innen auf. Der Sturm drückte gegen das alte Holz und riss Tristan die Klinke aus der Hand. Mit einem lauten Krachen knallte sie nach innen gegen eine Kommode voller Schuhe.

Erich verfolgte vom Seitenausgang der Marienkirche, wie Tristan im Haus verschwand. Er zückte einen Schlüssel aus seiner Hosentasche und trat auf den Hof. Die riesige Tür fiel augenblicklich ins Schloss. Der Diakon schloss die Kirche ab und eilte gebeugt über den Hof. Nicht weniger durchnässt als Tristan betrat er dessen Haus.

Der Detektiv schloss die Haustür, sobald Erich in der Diele stand. Marlowe befand sich nicht mehr auf seinem Arm. Er war gleich nach dem Betreten des Fachwerkhauses ins Wohnzimmer geflogen.

»Was für ein Sauwetter«, brummte Erich und schüttelte sich.

»Im Badezimmer sind Handtücher«, sagte Tristan und schob einen altertümlich wirkenden Haustürriegel vor.

Das Badezimmer befand sich gleich neben dem Eingang. Erich musste aufpassen, dass er nicht gegen die Deckenbalken stieß, die sichtbar das obere Stockwerk trugen.

»Möchtet ihr einen Kaffee?« rief Helga aus der Küche.

Die Männer bejahten und rubbelten sich die Haare trocken. Tristan zog seine nasse Strickjacke aus, während Erich ein schwarzes Jackett ablegte.

»Ich mache gleich ein Feuer im Kamin«, fröstelte Tristan und verließ das Badezimmer.

Er ging durch die kleine Diele ins Wohnzimmer.

Das Wohnzimmer wirkte auf den ersten Blick wie ein viktorianisches Studierzimmer. Gegenüber dem Zimmereingang befand sich ein klassischer Kamin. Entlang der linken Wand erstreckte sich über die gesamte Breite des Raumes ein überladenes Bücherregal. In der Mitte des Zimmers standen ein viktorianisches Sofa und ein passender flacher Sofatisch. Links und rechts vor dem Kamin luden zwei Ohrensessel zum Verweilen ein. Kleine Sprossenfenster zogen sich entlang der rechten Wand.

Regen prasselte laut gegen die Scheiben.

Ein runder Esstisch belegte den rechten Teil des Raumes. Daneben putzte sich Marlowe auf seiner Kletterstange das Gefieder. Ein paar Schritte weiter ging es in die Küche, wo Helga gerade den Kaffee ausschüttete.

Tristan schob ein paar Holzscheite in den Kamin, die er aus einem Korb nahm, der links vom Kamin stand. Er stellte die Scheite wie bei einem Indianerfeuer zusammen und füllte die Lücken mit Reisig, das in einem anderen Korb aufbewahrt wurde. Dann zündete er mit einem extra langen Streichholz das Reisig an. Sofort züngelten Flammen um das trockene Holz, und einen Augenblick später setzte der Detektiv einen Rußschutz vor die Kaminöffnung und schlenderte in die Küche.

»Nass geworden?« fragte Helga und rubbelte Tristans Schulter.

»Stör ich?« Erich betrat die Küche mit einem Grinsen.

»Nein«, antwortete Helga und zwinkerte ihm zu, »soll ich dich auch rubbeln?«

»Du reichst leider nicht bis zu meiner Schulter«, antwortete der Diakon und setzte sich auf eine Eckbank, die, der Mode zum Trotz, immer noch die Küche dominierte.

Die beiden Männer griffen zu den hingestellten Kaffeebechern und nahmen einen kräftigen Schluck.

»Nun erzähl mal«, brach Erich das Schweigen, »war es wirklich so mörderisch?«

2

Norbert Pfeiffer betrachtete das vorläufige Obduktionsergebnis.

»Wieso sind die plötzlich so schnell?« fragte er Holzbaum, der seine Kopie gerade auf den Schreibtisch legte.

»Keine Ahnung«, antwortete der gewichtige Kommissar.

»Könnte es daran liegen, dass Büdenbenders Neffe involviert ist?« Pfeiffer hasste Vetternwirtschaft, auch wenn sie, wie in diesem Fall, unerwartet schnelle Ermittlungsergebnisse lieferte. »Ich wollte schon längst zu Hause sein«, knurrte er und warf einen Blick auf den Spielcomputer, der verführerisch weiß schimmerte.

»Vielleicht«, meinte Holzbaum und zückte sein Notizbuch.

Pfeiffer blickte wieder in den Bericht.

»Hämotoxisch«, las er, »klingt widerlich.«

»Und was das für Blutzellen bedeutet«, erwiderte Holzbaum, »haben wir ja gesehen.«

»Schlangengift«, Pfeiffer schüttelte den Kopf, »auf was die Leute alles kommen.«

»Beunruhigend ist vielmehr«, meinte Holzbaum, »für wie blöd uns der Mörder hält.« Er legte sein Notizbuch beiseite und wandte sich einer Tastatur zu, die vor ihm auf dem Schreibtisch lag.

»Was hast du vor?« Pfeiffer benutzte den Computer so gut wie gar nicht. Administrative

Aufgaben gehörten nicht zu seinen Stärken, weshalb er ihnen möglichst weit aus dem Weg ging. Zudem half es, wenn man sich wie ein Idiot verhielt, sollte man doch mal genötigt sein, Tastatur und Maus betätigen zu müssen.

»Mal sehen, was der Computer uns über Schlangengift sagt.«

»Der antwortet nicht«, grinste Pfeiffer, »das ist eine dumme Maschine. Außerdem steht hier nicht, um welches Schlangengift es sich im Besonderen handelt.«

»Es soll ein Viperngift sein«, brummte Holzbaum, »also schau ich mal nach, was es so an Vipern gibt.« Er begann auf der Tastatur zu tippen. »Wenn der Mörder glaubt, besonders pfiffig gewesen zu sein, dann hätte er sich ein Messer nehmen sollen.«

»Du bist sauer«, bemerkte der Hauptkommissar.

»Und wie«, antwortete Holzbaum. »So ein Gift verlangt Wissen, und das macht unseren Mörder zu einem Vipernexperten, das lässt sich herausfinden.«

»Es gibt eine Datenbank über Vipernhalter?« staunte Pfeiffer.

»Nein«, schnaubte Holzbaum. »Ich mache mich hier nur schlau. Aber die Viecher müssen besonders gehalten werden und das lässt sich nachprüfen. Und die Menge an Verdächtigen, die zu überprüfen wären, ist überschaubar.«

»Das klingt nach einer schnellen Überführung«, grinste Pfeiffer, »jetzt geht es mir schon viel besser.«

Er schlug die Akte zu und griff zum Spielcomputer.

3

Erich konnte es nicht glauben. Der Diakon war durch Schwarzafrika gepilgert und hatte dort einiges erlebt, aber ein Theatermord, das kam eigentlich nur bei Agatha Christie vor.

»Und du, Helga, hast alles mit ansehen müssen?«

»Erich, es war schrecklich«, sagte Helga niedergeschlagen. »Zuerst dachte ich, das gehört zum Stück und bewunderte das Schauspieltalent. Dafür schäme ich mich.«

»Das musst du nicht«, antwortete Erich, »du konntest ja nicht wissen, dass der Junge wirklich vergiftet wurde.«

»Trotzdem«, wehrte Helga ab. »Es ist doch erstaunlich, wie abgebrüht wir uns jeden Tag Mordszenen im Fernsehen oder im Kino ansehen. Dabei essen wir noch Chips oder trinken ein Bier. Und dann reagiert man zu spät, wenn wirklich jemand stirbt.«

»Aber, als euch klar wurde, dass ... wie hieß der Junge?«

»Sebastian«, antwortete Tristan.

»... dass Sebastian ernstlich in Gefahr war, da habt ihr richtig reagiert und nicht grinsend zugeschaut«, sagte Erich ernst. »Solange der Mensch zwischen Fiktion und Realität unterscheidet, können fiktiv so viele Morde geschehen, wie ein krankes Hirn sich ausdenken mag. Es kommt darauf an, im Leben richtig zu handeln.«

»Jedenfalls«, stöhnte Helga, »ich brauch das nicht noch mal mitzuerleben. Und Morde im Fernsehen werde ich mir so schnell auch nicht mehr ansehen.«

Tristan nickte.

»Gibt es ein Motiv?« fragte Erich nachdenklich.

Tristan fiel der kurze Wortwechsel ein, den er belauscht hatte.

»Ich habe ein paar Wortfetzen mitbekommen«, seufzte er, »danach könnte es ein Motiv geben.«

»Wie konkret sind diese Vorwürfe?« hakte Erich nach.

»Behauptungen«, antwortete Tristan. »Aber der Tathergang bietet genügend Möglichkeiten, diesen Behauptungen nachzugehen.«

»Du meinst das Gift?« Erich sah seinen Freund an.

Der Detektiv nickte.

»Hast du eine Ahnung, um welches Gift es sich handeln könnte?«

»So, wie es gewirkt hat«, überlegte Tristan, »vermute ich ein Schlangengift.«

Tristan Irle hatte in seiner bisherigen Karriere als Privatdetektiv diverse Morde aufklären können, in denen ein Gift eingesetzt wurde. Doch bei keinem der aufgeklärten Morde war bei den Opfern eine so heftige Reaktion zu sehen gewesen wie bei Sebastian.

»So, wie du den Todeskampf beschrieben hast«, flüsterte Erich, »wird es sich um ein Viperngift handeln.«

Helga blickte Erich erstaunt an.

»Pilgerreise durch Afrika«, brummte Tristan.

Der Diakon nickte.

»Man lernt in Afrika einiges über Schlangen«, sagte Erich und ergänzte: »Die meisten Schlangengifte lösen die Zellmembranen der Blutkörperchen auf. Man verblutet innerlich.«

»Ich habe jetzt genug«, stieß Helga aus. »Lassen wir es für heute gut sein, bitte.«

Die Männer nickten, doch ein lautes Klopfen an der Haustüre versprach nichts Gutes.

Wolferl Wanderschmied hämmerte mit seiner letzten Kraft gegen die Haustür, dann sackte er erschöpft zusammen.

Tristan eilte zur Haustür und fand den Intendanten blutverschmiert vor der Haustür liegen.

»Erich, ich brauch Hilfe«, rief er erschreckt und begann Wanderschmied zu untersuchen, während der Sturm eine Böe nach der nächsten durch den Hof jagte.

»Zum Glück, er lebt noch«, stellte Tristan fest, als Erich in der Diele erschien. »Wir müssen ihn reintragen.«

Erich nickte.

»Es hat ihn etwas am Kopf getroffen«, erklärte Tristan, während sie den ohnmächtigen Theatermann ins Wohnzimmer trugen.

»Oh, mein Gott«, rief Helga entsetzt, als sie Wanderschmied auf das Sofa legten.

»Halb so schlimm«, beruhigte Tristan, »eine Platzwunde am Kopf. Wir brauchen Verbandszeug.«

Er eilte in die Küche, während Helga ins Badezimmer lief und mit einem Erste-Hilfe-Koffer wieder auftauchte. Unterdessen hatte Tristan mit mehreren nassen Trockentüchern Wanderschmieds Kopf gesäubert.

»Die Blutung lässt nach«, sagte Tristan erleichtert, als er einen provisorischen Verband anlegte.

Vorsichtig schob er ein Kissen unter den Kopf des Intendanten. Dann sah er zu seiner Freundin, die am ganzen Körper zitterte.

»Nicht, dass du mir jetzt zusammenbrichst«, scherzte Tristan und nahm Helga in den Arm. »Setz dich.«

Er führte sie zum Esstisch.

»Erich, in der Kommode ist Cognac«, er deutete auf das Möbel unter der Fensterreihe. »Ich glaube, wir könnten einen gebrauchen.«

Erich holte den Cognac und fand auch gleich die passenden Gläser dazu.

»Einen doppelten«, stöhnte Helga und versuchte zu lächeln.

Während Erich den Cognac ausschüttete, regte sich der Intendant auf dem Sofa.

»Mir brummt der Schädel«, murmelte er und öffnete langsam die Augen. »Wo bin ich?«

Tristan eilte zu ihm und sagte: »Hallo Wolferl, du bist bei mir zu Hause.«

»Ah, dann hab ich es geschafft«, er schloss wieder die Augen.

»Wir sollten einen Notarzt rufen«, meinte Erich. »Er hat anscheinend viel Blut verloren.«

Tristan griff zum Telefon und verständigte den Notarzt.

4

Holzbaum klickte mit der Maus auf „Drucken" und lehnte sich zufrieden zurück.

»Und?« fragte Pfeiffer, dessen Augen den kleinen Bildschirm der DS fixierten.

»Im Prinzip alles herausgefunden«, antwortete Holzbaum.

Der Hauptkommissar hob den Kopf. »Du hast den Fall schon gelöst?«

»Nicht direkt«, antwortete der Kommissar. »Aber ich weiß jetzt, wie der Mörder oder die Mörderin vorgegangen ist.«

»Wieso Mörderin?« Pfeiffer blickte wieder auf den Bildschirm in seiner Hand.

»Gift wird erfahrungsgemäß mehr von Frauen eingesetzt«, dozierte Holzbaum. »Ist nicht so gewalttätig, eher subtil.«

Pfeiffer schüttelte den Kopf und versuchte, mit einem kleinen Stift die Abfolge von Tönen zu treffen, die das Spiel vorgab.

»Es ist eigentlich ganz einfach, das Gift einer Viper zu extrahieren«, erklärte Holzbaum. »Man quetscht die Giftzähne gegen einen harten Gegenstand und es schießt heraus.«

»Das gefällt der Schlange ganz bestimmt nicht«, meinte Pfeiffer grinsend.

»Ja, man sollte sie am Kopf gut festhalten, wenn man so etwas macht«, nickte der Kommissar, »das gewonnene Gift kann man dann auf einen Gegenstand aufbringen. Einen Giftpfeil zum Beispiel oder wie im Theater auf Dornen.«

»Gute Arbeit, Holzbaum«, lobte der Hauptkommissar.

»Nun ja«, räumte Holzbaum ein. »Das Problem bei dieser Sorte Gift ist ...«

Pfeiffer blickte erneut auf und musterte Holzbaum.

»... also eigentlich hätte die Menge an Gift, die man an so einem Dorn anbringen kann, keinen töten können.«

»Da ist dieser Sebastian Lange wohl verarscht worden«, meinte Pfeiffer gar nicht amüsiert.

»Es muss sich um ein besonders wirkungsvolles Schlangengift handeln«, fuhr Holzbaum fort. »Allerdings kann man diesen Schlangentyp in keiner Zoohandlung erwerben.«

»Ah, dann hat unser Mörder«, Pfeiffer grinste, »oder unsere Mörderin ja auch noch gegen den Artenschutz verstoßen.«

»Wenn ich der Mörder wäre«, antwortete Holzbaum, »dann würde ich die Schlangen jetzt ganz schnell loswerden wollen.«

Pfeiffers Augen verengten sich zu zwei scharfen Schlitzen.

»Soll das heißen, wenn wir die Schlangen nicht finden, dann haben wir gar nichts?«

»Ja, das heißt es«, nickte Holzbaum.

Pfeiffer knallte den Spielcomputer auf den Schreibtisch und sprang auf.

»Na, dann los, bevor die Beweise vernichtet werden«, rief er.

Holzbaum bewegte sich etwas langsamer aus dem Stuhl und brummte: »Wo fangen wir an?«

»Bei den Schauspielern, wo denn sonst«, knurrte Pfeiffer. »Hast du die Adressen?«

»Ja, habe ich, aber es sind acht.«

»Irle können wir ja wohl auslassen«, antwortete der Hauptkommissar, »dann bleiben nur noch sieben.«

»Und bei wem fangen wir an?« hakte Holzbaum nach.

»Hast du eine Liste?«

Holzbaum reichte ihm sein Notizbuch.

Pfeiffer ging die Liste durch und sagte schließlich: »Diese Alisa Altenberg, das war doch die scharfe Braut in dem Sommerkleid?«

»Ja«, sagte Holzbaum, obwohl er den Kopf schüttelte.

»Dann fangen wir bei ihr an.«

»Was ist mit diesem Intendanten Wolferl Wanderschmied?« hakte Holzbaum nach. »Sollten wir nicht mit ihm beginnen?«

»Um uns den Abend noch mehr versauen zu lassen«, Pfeiffer schüttelte heftig den Kopf und kramte in seiner Tasche nach einer Schachtel Zigaretten. Unbewusst steckte er sich einen Glimmstängel in den Mund.

»Chef«, warnte Holzbaum. »Rauchverbot!«

»Ach Scheiße«, stieß der Hauptkommissar aus und nahm die Zigarette aus dem Mund. »Komm, lass uns diese Alisa aufsuchen, bevor ich noch wegen Nikotinmangel zum Massenmörder werde.«

Die beiden Kommissare der Mordkommission Hagen verließen die Polizeibehörde in der Weidenauer Straße. Der Sturm schien noch mal richtig Anlauf zu holen.

Es war üblich, dass die Kriminalpolizisten aus Hagen Morde in Siegen untersuchten. Pfeiffer hatte sich vor Jahren nach Hagen versetzen lassen, weil er dort mit einem eher ruhigen Job gerechnet hatte. Er wusste, wenn es mal zu Gewaltverbrechen kommen würde, dann dürften die in der Provinz schnell aufgeklärt sein. Was dem Mittvierziger allerdings erst nach und nach aufging, war die Tatsache, dass Menschen überall gleich waren. Womit auch die Verbrechen überall Ähnlichkeiten hatten. Sicher gab es bis zu diesem Zeitpunkt noch keine Schießereien zwischen Gangs im Kreisgebiet, aber alles andere, was eine Großstadt an urbanem Abfall produzierte, fand man auch in Siegen und Umgebung. Das nette Gesicht der idyllischen Provinz mit ihren satten, grünen Wiesen und den ausgedehnten Wäldern konnte einem jederzeit eine hässliche Fratze zeigen, das hatte Pfeiffer mittlerweile begriffen.

Alisa Altenberg wohnte in einem kleinen Appartement neben der St.-Michael-Kirche, das sich in der St.-Michael-Straße befand.

Es war eine Fahrt von knappen fünf Minuten, ohne zu rasen. Pfeiffer hatte es auch gar nicht eilig. Er qualmte genüsslich seine Zigarette, während Holzbaum frische Luft, Regen und einen verspannten Nacken vom geöffneten Beifahrerfenster erwartete.

»Dieses Rauchverbot«, sinnierte der Hauptkommissar, »wird die Aufklärungsquote der Polizei verschlechtern. Da bin ich mir ganz sicher.«

»Nicht jeder Beamte raucht«, warf Holzbaum ein und wischte sich Regentropfen aus dem Gesicht.

»Die Besten von uns schon«, sagte Pfeiffer selbstsicher und bog in den Hohler Weg ab.

»So«, schüttelte Holzbaum den Kopf. »Mir macht die neue Initiative viel mehr Sorge, wonach jeder Polizeibeamte das Sportabzeichen ablegen soll.«

»Ein Kinderspiel«, blaffte Pfeiffer und pustete eine dicke Rauchwolke in den Fond.

»Schaffst du 1000 Meter unter fünf Minuten?« Holzbaum blickte zu seinem Chef. »Hier müssen wir abbiegen.«

»1000 Meter unter fünf Minuten?« fragte sich Pfeiffer laut, während er in die St.-Michael-Straße einbog.

»Da vorne ist das Haus«, sagte Holzbaum und blickte kurz auf die Kilometeranzeige. »Das waren gerade mal 1600 Meter.«

Pfeiffer sah zu seinem Kollegen.

»Vom Büro bis hier hin?« staunte er und sah auf seine Armbanduhr.

Holzbaum nickte und wiederholte: »1000 Meter unter fünf Minuten – laufen!«

Der Kommissar stieg aus.

»Oh«, stöhnte der Hauptkommissar. »Das sind wir gerade mal mit dem Auto gefahren.«

5

Der Notarzt verabschiedete sich mit einem festen Händedruck.

»Lassen Sie den Intendanten noch etwas ausruhen«, lächelte der Arzt. »Die Platzwunde ist versorgt, und sollte das Schwindelgefühl nicht verschwinden, soll er sich genauer untersuchen lassen.«

»Danke«, antwortete Tristan.

»Mein Job«, nickte der Arzt und eilte durch den Regen zu seinem Auto.

Tristan schloss die Haustür und ging zurück ins Wohnzimmer, wo Helga sich liebevoll um den Intendanten kümmerte.

Wanderschmied trug einen weißen Verband um den Kopf. Man sah ihm an, dass er die Situation peinlich fand.

»Und, wie geht es unserem Regisseur?« fragte Tristan aufmunternd.

»Überhaupt nicht gut«, brummte Wanderschmied. »Ich komme mir vor, als wäre ich in einer schlechten Tragödie gefangen.«

»In einer klassisch griechischen?« fragte Erich neugierig.

»Gibt es eine andere?« erwiderte Wanderschmied hochmütig.

»Die Abidji«, antwortete Erich gelassen, »ein Volksstamm in Côte d'ivoire, kennen ebenfalls die Tragödie.«

Wanderschmied blickte den Zwei-Meter-Mann überrascht an. »Côte was?«

»Die Elfenbeinküste«, erklärte der Diakon. »Ich habe dort eine uralte Tradition miterleben können, von denen die Ethnologen wahrscheinlich keine Ahnung haben. Sie ähnelte sehr stark einem Theaterstück in Form der klassischen griechischen Tragödie.«

»Das ist ja sehr interessant«, stöhnte der Intendant, »aber theaterwissenschaftlich betrachtet hat das keine Bedeutung. Vielleicht würden sich Literaturwissenschaftler dafür interessieren. Aus der Sicht der Phänomenologie könnte so ein Stück der Abdjjji ...«

»... Abidji«, korrigierte Erich.

»... meinetwegen Abidji, eine Exegese wert sein.« Wanderschmied fasste sich an den Kopf.

»Wie ist das geschehen?« fragte Tristan besorgt und deutete auf den Verband.

»Ich weiß es nicht«, antwortete der Intendant mühsam. »Irgendwo in der Kölner Straße traf mich etwas am Kopf.«

»An der alten Stadtmauer?« Erich blickte zu Tristan.

»Vielleicht ein Ast?« meinte der Detektiv nachdenklich.

»Gut möglich«, nickte Wanderschmied. »Aber das ist jetzt nicht so wichtig.«

Er holte tief Luft und sagte: »Deshalb bin ich nicht durch den Sturm gelaufen, Tristan. Ich glaube, ich habe eine wichtige Information zu diesem hinterlistigen Anschlag.«

»So?!« antwortete der Detektiv und hoffte, dass Wanderschmied etwas Neues und Erhellendes beitragen konnte.

Der Intendant zog die Augenbrauen nach oben und musterte den Diakon.

»Sie können offen sprechen«, nickte Tristan. »Wir arbeiten hier und da zusammen.«

Wanderschmied blieb zurückhaltend. Er schien über etwas nachzudenken. Schließlich sagte er: »Kann nicht schaden, wenn mehr Zeugen hören, was ich zu sagen habe.«

»Nun«, lächelte Tristan, »wenn du mal anfangen würdest, *etwas* zu sagen.«

Tristan hatte das Gefühl, dass der Regisseur versuchte, die Realität mit seinen Regieanweisungen zu steuern und dabei immer wieder erstaunt feststellte, dass sich die Menschen und Ereignisse um ihn herum einen Teufel um diese Anweisungen scherten. Wanderschmieds erstaunt beherrschter Blick verriet, dass er eine Menge metaphorischer Stinkefinger gezeigt bekam.

»Könnte ich ein Glas Wasser haben?« fragte er Helga und räusperte sich dabei übertrieben laut.

Erich verdrehte die Augen. Tristan atmete einmal durch.

»Sicher«, antwortete Helga und ging in die Küche. »Möchte sonst noch jemand etwas zu trinken?«

Die beiden Männer lehnten dankend ab.

Tristan griff nach einer Tabakdose, die auf dem Sofatisch stand und kramte ein schmales Pfeifenetui aus seiner Hosentasche. Als Helga mit dem Glas Wasser zurückkam, hatte Tristan den Pfeifenkopf bereits bis zur Hälfte mit Tabak gefüllt.

»Danke«, raunte Wanderschmied und nahm bedächtig einen kräftigen Schluck. Schließlich sagte er: »Es begann vor einigen Wochen. Ich war gerade damit beschäftigt, eine Besetzungsliste zusammenzustellen, als sich Alisa Altenberg in meinem Büro einfand. Bis zu diesem Zeitpunkt kannte ich diese wunderbare Schauspielerin nicht. Doch beim ersten Anblick wusste ich, dass sie die perfekte *Edrita* sein würde.

Da sich alle möglichen Leute und Studenten bei mir melden und um ein Praktikum oder einen Ferienjob bitten, glaubte ich, dies sei bei ihr auch der Fall. Ich hörte mir also erst einmal ihr Anliegen an. Meine Freude war – das können Sie sich sicherlich vorstellen – sehr groß, als sie um ein Engagement nachfragte. Wie sich in dem folgenden Gespräch herausstellte, war sie bereits in mehreren Theaterproduktionen tätig und hatte über einen entfernten Bekannten erfahren, dass ich dabei war, Grillparzers Stück „Weh' dem, der lügt" vorzubereiten. Über ihre Qualifikation machte ich mir keine Sorgen, alles sprach für sie, bis sie einen Punkt ansprach, der mich sehr verwunderte.«

Wanderschmied nahm einen weiteren Schluck und lobte das Wasser, bevor er fortfuhr: »Alisa erklärte sehr charmant, dass sie eine Rolle nur annehmen könne, wenn ihr Freund, der ebenfalls Schauspieler sei, auch engagiert werden würde. Normalerweise lasse ich mich auf solche Verhandlungen gar nicht ein. Doch sie war die perfekte *Edrita,* also stimmte ich einem Vorsprechen für ihren Freund zu.«

»Ihr Freund war Sebastian Lange«, schob Tristan ein.

»Richtig«, nickte der Intendant. »Und was für eine Überraschung, er war gut, richtig gut. So gab ich ihm die Rolle des *Leon*. Es war, als hätten mir die Götter ein Geschenk gemacht. Alisa und Sebastian als Paar, die sich als *Edrita* und *Leon* auf der Bühne näherkommen würden. Man spürte förmlich ihre Leidenschaft, wenn sie zusammen auf der Bühne standen. Wenn da nicht der Funke ins Publikum überspringen würde. Mit einem Mal hatte ich die wichtigsten Rollen für das Stück besetzt. Die restliche Besetzungsliste wurde schnell abgearbeitet, und als ich dich, Tristan, dann noch fand, fühlte ich mich wie Atlas, dem Zeus die Welt von den Schultern nahm.«

Er nahm einen weiteren Schluck, und plötzlich verwandelte sich sein Gesichtsausdruck zu einer steinernen Maske.

»Doch dann tauchte Justus Kehrer auf. Der Vorsitzende des Fördervereins hatte ein Anliegen, das ich nicht ablehnen konnte. Wie Sie vielleicht wissen, wird das Theater durch die großzügige Unterstützung der heimischen Geldinstitute sowie den Förderverein getragen. Die Stadt tut ebenfalls etwas dazu und ein paar Euros kommen aus der NRW-Förderung. Wie sich herausstellte, hatte eine einflussreiche Person, die sich über den Bürgermeister an Kehrer wandte, das Anliegen, seinen Neffen in meinem Stück unterzubringen.«

»Friedrich Büdenbender, unser lieber Staatsanwalt«, warf Tristan ein.

»Ja«, nickte Wanderschmied mit einem Blick, als hätte er in eine Zitrone gebissen. »Kehrer wusste nur, dass sich ein junger Mann bei mir melden würde, der mit Vornamen Tobi hieß. Als Tobi dann auftauchte, erfuhr ich, dass er der Neffe des Oberstaatsanwaltes war.

Tobi besuchte eine Theaterschule in Hamburg. Seine Qualifikation stand außer Frage, doch ich hatte bereits Sebastian zugesagt. Ohne Sebastian keine Alisa. So kam ich auf die Idee, für die beiden Hauptrollen eine Doppelbesetzung aufzustellen. Erst während der Proben sollte dann geklärt werden, wer die Doppelbesetzung übernehmen würde. Damit trat ich keinem auf die Füße, denn es gibt kein besseres Ausschlusskriterium als Leistung. Ich informierte alle involvierten Personen, die es sportlich sahen und zustimmten. Dummerweise musste ich Kehrers Enkelin Charlot Kaminski auch engagieren, aber auch hier wandte ich den Trick an. Charlot ist zwar gut, aber sie reicht nicht an die Klasse von Alisa heran. Damit stand die Erstbesetzung der *Edrita* für mich jedenfalls fest. Zu meinem abermaligen Erstaunen entpuppte sich Tobi als weiteres Schauspieltalent und ich hatte ein Problem. Zu Beginn der Proben, da warst du noch nicht dabei, Tristan, spielten beide *Leons* sich die Seele aus dem Leib. Ich hätte nicht entscheiden können, wer von beiden die bessere Besetzung gewesen wäre. Doch dann veränderte sich das Spiel der beiden. Sie begannen die Rolle des *Leon* anders zu interpretieren. Sebastians Spiel wurde feuriger, temperamentvoller, wenn er mit Alisa agierte. Tobis Spiel, nun, es wurde weicher, einfühlsamer, besonders wenn er mit Alisa spielte. Die beiden wirkten ungemein romantisch auf der Bühne.

Ich fühlte mich, als wäre ich in meine eigene Grube gefallen. Nach langen Überlegungen teilte ich beiden mit, dass ich heute nach der Generalprobe meine endgültige Entscheidung fällen würde. Tristan, wir vereinbarten, dass ihr anderen nichts von diesem Arrangement erfahren solltet.

Und nun ist Sebastian tot und es grämt mich, dir, Tristan, einen Verdächtigen nennen zu müssen.«

6

Alisa Altenbergs Wohnung befand sich in einem vierstöckigen Wohnhaus. Das Haus lag zwischen Hecken und Laubbäumen verborgen, etwas zurückgesetzt von der Straße. Pfeiffer warf einen skeptischen Blick zu den Baumkronen, deren Äste vom Sturm mächtig hin und her gebogen wurden. Über eine enge, gepflasterte Zufahrt erreichte man die Haustür. Ein großes Schild wies die Autofahrer darauf hin, dass man die Zufahrt nur zum Zwecke des Be- und Entladens nutzen sollte. Zu langes Parken würde mit Abschleppen bestraft werden.

Der Hauptkommissar wägte die Wahrscheinlichkeit des Abschleppens bei diesem Sauwetter ab und bog in die Zufahrt.

»Mann, das ist aber wirklich eng«, murmelte Pfeiffer, der zusammenzuckte, als die ersten Heckenzweige über den Lack kratzten.

»Jetzt fehlt nur noch«, kommentierte Holzbaum, »dass der Sturm uns einen Ast aufs Dach schleudert.«

»Mensch, Holzbaum«, rief Pfeiffer abergläubig, »so was sagt man nicht! Das bringt Unglück!«

Vor dem Haus war eine Parkbucht angelegt, so dass die beiden Polizisten problemlos aussteigen konnten.

Mit hochgezogenem Kragen eilten sie zur Haustür und suchten Alisas Klingelknopf.

»Hier steht nichts«, ärgerte sich Pfeiffer, dem der Regen seine Brille einsaute.

»Sie wohnt hier«, antwortete Holzbaum überzeugt.

»Müller, Melchior, Bäcker, Weisgerber«, las Pfeiffer laut vor. »Aber keine Altenberg.«

»Ist ein Klingelknopf nicht beschriftet?« fragte Holzbaum.

»Ja«, rief Pfeiffer und drückte den Knopf mit Wut in die Fassung.

»Wer ist da?« hörten sie einen Moment später eine junge Frauenstimme aus dem Lautsprecher der Gegensprechanlage fragen.

»Polizei«, knurrte Pfeiffer, »würden Sie uns bitte aufmachen?«

Es summte und der Hauptkommissar beeilte sich, die Tür aufzustoßen.

»Was für ein Scheißwetter«, stöhnte er im Treppenhaus und wischte sich seine Nickelbrille sauber.

»Besser als gar keins«, meinte Holzbaum gelassen.

Er war als Junge auf einem Bauernhof groß geworden. Für ihn gab es kein schlechtes Wetter. Das Problem der Menschen bestand eigentlich nur darin, dass sie die falsche Kleidung trugen.

Sie erklommen das Treppenhaus, bis sie Alisas Namensschild an der Tür fanden.

Alisa wartete bereits hinter der Wohnungstür. Als Pfeiffer und Holzbaum deutlich hörbar vor der Wohnungstür nach Luft schnappten, öffnete sie.

»Guten Abend, Frau Altenberg«, grüßte Pfeiffer, während er spürte, wie sich sein Puls normalisierte. »Wir hätten noch ein paar Fragen an Sie.«

»Sie sind aber schwer aus der Puste«, grinste Alisa, »das waren doch nur drei Stockwerke!«

»Wenn Sie mal in mein Alter kommen«, erwiderte Pfeiffer säuerlich.

»Nun, so alt sehen Sie doch gar nicht aus«, flirtete sie.

»Das sind die Zigaretten«, meinte Holzbaum, dem sein Blutdruck eine feuerrote Gesichtsfarbe verpasst hatte.

»Und bei Ihnen das Gewicht«, kommentierte Alisa selbstbewusst. »Bitte treten Sie ein, aber putzen Sie sich die Schuhe ab.«

Die beiden Beamten folgten der Schauspielerin in einen großen Raum, der mit allerlei Tüchern und Postern an den Wänden dekoriert war. Dicke Teppiche auf dem Boden und zahlreiche Sitzkissen um einen flachen Tisch ließen ahnen, dass hier Bandscheiben eine besondere Bedeutung gewannen. In einer Ecke des Raumes hatte Alisa einen Baldachin über ihr Matratzenlager gespannt. Räucherstäbchen und eine Menge unterschiedlicher Kerzen standen auf zwei Sideboards, die Gandhi wahrscheinlich noch selbst in Gebrauch hatte. Eine Parzelle Urwaldgestrüpp belagerte den Balkonausgang. Die verkohlten Überreste einiger Räucherstäbchen ragten auch hier aus den feuchten Topfböden.

»Möchten Sie sich setzen?« fragte Alisa und deutete auf die Sitzkissen.

»Oh, da unten?« schoss es dem Hauptkommissar gar nicht höflich heraus.

»Haben Sie Angst, nicht mehr hoch ... zu ... kommen?« Sie blickte dabei Pfeiffer so unzüchtig an, dass dem etwas anderes hochkam.

Holzbaum schüttelte nur den Kopf über Pfeiffers Verhalten und schob sich zwei Kissen zusammen, bevor er sich niederließ.

»Wissen Sie«, sagte Pfeiffer, der sich gezwungenermaßen langsam in die Hocke begab, »für so einen Blick hätte man Sie zu anderen Zeiten auf dem Scheiterhaufen verbrannt.«

»So?!« hauchte sie, und dann lächelte sie die Kommissare mit einem entwaffnenden unschuldigen Mädchenlächeln an. »Wissen Sie, wie lange ich für dieses Lächeln geübt hab?«

Die beiden schüttelten fasziniert den Kopf.

»Stunden über Stunden«, antwortete sie und wurde plötzlich ernst. Hinter der mimischen Maske tauchte langsam Alisas eigentliches Gesicht auf. »Möchten Sie einen Tee? Ich habe gerade welchen aufgesetzt.«

»Gerne«, antwortete Holzbaum, der ein ausgezeichneter Kenner des Blatttranks war.

»Mir reicht ein Wasser«, sagte Pfeiffer. »Ich hab es nicht so mit dem Zeug.«

»Wie Sie möchten.«

Alisa eilte in die Küche, die eigentlich nur aus einer schmalen Nische bestand.

»Auf dem Tisch stehen Teeschalen«, rief sie Holzbaum zu. »Nehmen Sie sich schon mal eine.«

Draußen trommelten Regentropfen gegen die große Fensterscheibe, die Balkon und Wohnung trennte.

Alisa kam mit einer tönernen Kanne zurück, die sie auf ein kleines Teelicht setzte, das ihr Pfeiffer angezündet hatte. Dann eilte sie nochmals in die Küchennische und kam mit einer Flasche Mineralwasser zurück. Geschmeidig wie ein Rehkitz ließ sie sich zwischen einem Haufen Kissen nieder.

Während sie Holzbaum eine Teeschale füllte, fragte sie: »Sie sind wegen des Mordes hier?«

»Ja«, antwortete Pfeiffer, der sich aus der Mineralwasserflasche einen Becher füllte.

»Dann stellen Sie mal Ihre Fragen«, lächelte sie und goss sich ihre Schale voll.

Holzbaum griff zu seiner Schale, wurde aber von Alisa gebremst.

»Warten Sie noch einen Moment«, sagte sie freundlich. »Lassen Sie das Aroma sich entfalten.«

Holzbaum wartete.

Sie sah Pfeiffer auffordernd an. »Also?«

Der Hauptkommissar nickte und fragte: »Wer könnte ein Motiv gehabt haben, Sebastian Lange so etwas anzutun?«

»Keine Ahnung«, antwortete sie und nickte Holzbaum zu, jetzt den Tee zu probieren.

»Sebastian hatte keine Feinde?« hakte Pfeiffer nach.

Holzbaum nahm vorsichtig die zierliche Schale in seine Pranken und nippte daran.

»Nicht dass ich wüsste.« Alisa nahm ebenfalls einen vorsichtigen Schluck. »Und?« Das war an Holzbaum gerichtet.

»Ein Grüner Tee«, sagte der nachdenklich. »Sehr fein und fruchtig-blumig. Ich vermute eine chinesische Sorte.«

»Ja«, lächelte Alisa.

»Das kannst du schmecken?« staunte der Hauptkommissar und fügte etwas abfällig hinzu: »Und kannst du auch die Sorte bestimmen?«

Holzbaum nahm einen kräftigen Schluck.

»Oh, ja klar«, lächelte der Kommissar. »Das ist Lung Ching.«

»Bravo«, strahlte Alisa. »Ein wahrer Teekenner.«

»Weißt du, Chef«, sagte Holzbaum völlig entspannt. »Lung Ching war der Lieblingstee des Kaisers im 18. Jahrhundert und ist heute einer der beliebtesten Tees in China.«

»Ausgezeichnet!« lobte die Schauspielerin. »Er ist außerordentlich gesund.«

»Na, dann ist er ja genau richtig für dich«, knurrte Pfeiffer. »Können wir jetzt die Befragung fortsetzen?«

»Bitte«, nickte Alisa. »Aber ich weiß, dass Sebastian keine Feinde hatte. Ich kann mir auch niemanden aus der Truppe vorstellen, der so etwas Schreckliches tun könnte.«

»Wir haben das Gift ermitteln können«, sagte Pfeiffer ernst. »Dieses Gift bekommt man nicht an der Straßenecke.«

Alisa hielt ihre Schale mit beiden Händen im Schoß und hörte aufmerksam zu.

»Wissen Sie«, lächelte Pfeiffer kalt, »ob es jemanden in Ihrer Schauspieltruppe gibt, der Schlangen mag?«

Die Schauspielerin blickte erschreckt zum Hauptkommissar.

7

Im obersten Stockwerk der Kreispolizeibehörde, genauer gesagt im Büro des Polizeipräsidenten, kam Staatsanwalt Büdenbender zu einer Erkenntnis, die ihm zum ersten Mal in seiner Karriere Schweißflecken unter den Achseln verursachte.

Er fragte sich, ob es klug von ihm gewesen war, Druck auf den Obduktionsarzt auszuüben. Das schnelle Ergebnis und die damit verbundenen Schlussfolgerungen ließen wenig Spielraum. Büdenbender musste Zeit gewinnen, dabei konnte Wilhelm Flender, der Polizeipräsident, vielleicht helfen.

»Eine schreckliche Sache«, sagte Flender und beugte sich hinter seinem schweren Schreibtisch leicht nach vorne, »wenn ich Sie richtig verstehe, dann dürfte die Reputation des gesamten Theaters auf dem Spiel stehen.«

Büdenbender, der mit dem Polizeipräsidenten eher ein ambivalentes Verhältnis pflegte, appellierte insgeheim an Flenders Lokalpatriotismus. Ein Eklat würde keinem weiterhelfen. Doch der Staatsanwalt bekam Zweifel, wenn er sich in Flenders Büro umschaute. Das Büro hätte jeden Tierschützer zum Weinen gebracht. Überall an den Wänden starrten den Staatsanwalt Tierköpfe aus toten Glasaugen an. Für einen Moment war ihm so, als hätte man ihm ebenfalls das Gehirn ausgeschabt.

»Es würde reichen«, begann Büdenbender, »wenn wir erst alle Fakten zusammentragen, bevor wir handeln.«

»Die Beweise«, räusperte sich Flender und es klang, als würde eine Pumpgun durchgeladen, »liegen ja schon vor!«

Der Staatsanwalt starrte den Polizisten an.

»Die ... die ... Interpretation«, stotterte er, »lässt Spielräume.«

»Hm«, brummte der passionierte Jäger, »wer ermittelt?«

»Pfeiffer«, antwortete Büdenbender.

Flender grinste. »Dann hoffen Sie mal, dass Pfeiffer nicht zu Höchstleistungen aufläuft. Bis kein weiterer die gleichen Schlussfolgerungen zieht, halte ich still.«

Büdenbender stieß einen Seufzer aus.

»Aber sobald ein weiterer die Schlüsse zieht«, drohte der Polizeipräsident, »sollte ein Richter den Haftbefehl ausstellen.«

Der Staatsanwalt nickte und stand auf. Er bedankte sich bei Flender, was ihm sichtlich zuwider war, dann verließ er mit der Akte in der Hand das Büro.

Auf dem Gang griff er zu seinem Handy und suchte nach einer Nummer im Speicher. Zu seinem Erstaunen hatte er die betreffende Person nicht gespeichert. Er rief die Auskunft an und ließ sich verbinden. Doch am anderen Ende meldete sich niemand.

»Dann fahre ich eben hin«, knurrte er und eilte zum Aufzug.

Knappe zwei Kilometer weiter in Alisas Wohnung knackten Pfeiffers Wirbel, als er sich erhob.

»Und ich dachte«, murmelte er, »der Tag könne nicht schlimmer werden.«

Alisa wirkte verstört, stand aber ebenfalls auf: »Ich fahre mit!«

Pfeiffer wollte schon verneinen, da fragte Holzbaum, der langsam seine Schale austrank: »Glauben Sie, das ist eine gute Idee?«

»Sebastian war mein Freund«, erwiderte sie energisch.

»Es könnte gefährlich werden«, warnte Pfeiffer ernst.

»Sie nehmen mich mit oder ich fahre hinter Ihnen her«, antwortete sie mit einer Entschlossenheit, der Pfeiffer nur ein Einlenken entgegensetzen mochte.

»Dann los!« Holzbaum stellte die Schale beiseite und quälte seinen Körper langsam in die Senkrechte.

Über der Stadt tanzten im Vollmondlicht graue Regenwolken Rock 'n' Roll, während ein kalter Nordwestwind dazu die passende Melodie pfiff. Im Rausch der Naturgewalt krümmten sich die Baumkronen der beiden Kastanien vor der Marienkirche bedrohlich. Tristan stand an der Haustür und zog sich eine Regenjacke über.

»Weißt du«, sagte Helga besorgt, »das ist keine gute Idee, jetzt durch die Stadt zu laufen.«

»Es ist notwendig«, beharrte Tristan.

Wanderschmied und Erich hielten sich im Wohnzimmer auf.

»Du hast doch gesehen, was dem Intendanten passiert ist«, flehte Helga. »Das kann dir auch zustoßen.«

»Ich passe auf.« Der Detektiv schloss den Reißverschluss. »Ich gehe direkt durch den Schlosspark. Das ist der kürzeste Weg.«

»Aber bei diesem Wetter auch der gefährlichste«, mahnte Helga vergebens.

»Ich melde mich, wenn ich da bin«, sagte Tristan entschieden und gab Helga einen flüchtigen Kuss. »Bis gleich!«

Der Detektiv stülpte die Kapuze der Regenjacke über und ging mit schnellen Schritten die Barstewende hinauf. Durch die schmale Gasse konnte er das Wahrzeichen der Stadt erkennen: eine goldene Krone auf der Turmspitze der Nikolaikirche. Trotzig ragte das *Krönchen* über die Stadt, als könne keine Naturgewalt ihm etwas anhaben. Als Tristan die Kirche erreichte, blickte er dennoch nach oben und beeilte sich, an der Nikolaikirche vorbei in die Höhstraße zu gelangen. Er folgte der Sackgasse bis zu ihrem Ende, wo ein großes Tor den Zugang zum Schlosspark freigab.

Laub und Geäst flogen ihm entgegen und so legte er noch einen Schritt zu, eilte am Jugendheim vorbei über den Alten Friedhof, der nur noch so hieß, aber keine Gräber mehr enthielt, um in den Altenhof einzubiegen.

Plötzlich hatte er das Gefühl, verfolgt zu werden. Tristan blieb stehen und tat so, als würde er den Schnürsenkel am rechten Schuh neu binden. Vorsichtig blickte er sich um, doch in der spärlich beleuchteten Umgebung konnte er niemanden erkennen. Langsam richtete er sich wieder auf und ging weiter. Kaum war er einige Schritte gegangen, überkam ihn erneut das Gefühl, dass ihn jemand beobachtete. Er befand sich am Ende der Schlossanlage, zu der auch ein kleiner Park rund um das Jugendheim gehörte. Viele Bäume und Sträucher standen dort, so dass ein möglicher Verfolger genügend Deckung fand, um unbemerkt zu bleiben. Er dachte an Wanderschmieds Verletzung und fragte sich, ob die Kopfwunde wirklich durch ein herumfliegendes Teil durch den Sturm verursacht wurde.

Vorsichtig ging er weiter.

Es waren jetzt nur noch einige hundert Meter bis zu seinem Ziel.

Tristan hatte stellenweise das Gefühl, der Regen käme auch von der Seite. Der scharfe Sturmwind drückte die Regenwand fast waagerecht. Zwar schützte ihn die Regenjacke am Oberkörper, doch seine Hose war völlig durchnässt. Er schüttelte sich und gab einen Moment nicht acht und wäre fast von einem heranfahrenden Auto angefahren worden.

Pfeiffer fragte sich unterdessen, wie man an so einem verwinkelten Ort wohnen konnte. Er war einmal rund um den Schlossberg gefahren, um durch die Altstadt ebenfalls zum Altenhof zu gelangen. Die Scheibenwischer schaufelten den Regen zur Seite, doch die Sicht wurde dadurch nicht wesentlich besser. Kurz vor dem Ziel tauchte plötzlich ein Mann mitten auf der Straße auf.

»Das ist Tristan«, rief Alisa, als sie den Mann passierten.

»Was will der denn hier?«, schnaufte Pfeiffer und hielt an.

Alisa ließ die Fensterscheibe herunter und rief dem Mann zu: »Tristan, bist du das?«

Der Detektiv blieb stehen.

»Alisa?« fragte Tristan und trat an den Wagen heran. »Was machst du denn hier?«

»Hallo, Herr Irle«, rief Holzbaum aus dem Auto. »Wollen Sie zur Hausnummer 23?«

»In der Tat«, antwortete der Detektiv.

»Wir auch«, sagte Alisa. »Es ist gleich da vorne.« Sie deutete auf ein kleines Haus, das mutig an dem steilen Burgberg in den Hang gebaut wurde.

Pfeiffer parkte hinter einer Nobelkarosse und stieg aus.

Tristan stand bereits unter einem kleinen Vordach, das die Haustür etwas schützte.

»Sind Sie nass geworden?« fragte der Hauptkommissar und deutete auf dunkle Flecken an Tristans Hose.

»Etwas«, lächelte Tristan gequält, dann deutete er auf die Nobelkarosse. »Kennen Sie den Wagen da?«

Pfeiffer sah auf das Nummernschild und schüttelte schließlich den Kopf.

Tristan grinste. »Das wird eine Überraschung werden.«

Unterdessen hatte Alisa die Türklingel betätigt. Einen Moment später öffnete ihr ein junger Mann die Tür. Er trug ein heruntergekommenes T-Shirt und eine dazu passende Trainingshose.

»Hallo Pet, dürfen wir reinkommen?« lächelte die Schauspielerin.

»Hi Alisa«, sagte der Mittzwanziger, betrachtete die anderen drei Herren, dann rieb er sich über einen strubbeligen Bart und fragte verwundert: »Wird das eine Fete?«

»Wohl eher nicht«, antwortete sie und schob sich in einen kleinen Flur.

»Guten Abend, Kriminalpolizei.« Pfeiffer setzte sein Haifischlächeln auf.

»Oh«, staunte Pet und trat einen Schritt zurück.

»Wir müssen die Treppe rauf«, sagte Alisa.

»Noch mehr Besuch!« rief Pet warnend nach oben.

»Wetten, dass wir hier Stoff finden?« brummte Pfeiffer, der Pet eingehend musterte.

»Deshalb sind wir nicht hier«, antwortete der Kommissar und folgte Alisa.

Tristan schloss sich den beiden an, während Pfeiffer als Letzter das obere Stockwerk erreichte.

Sie betraten einen Raum, der durch mehrere herausgebrochene Wände eine eindrucksvolle Größe erhalten hatte.

»Hallo Alisa«, grüßte Tobi Büdenbender überrascht, als die vier den Raum betraten. Er stand neben einem Terrarium mit Schlangen.

In einer Ecke saß Staatsanwalt Büdenbender und sagte traurig: »Da waren Sie aber schnell, Herr Pfeiffer.«

3. Krisenstimmung breitete ...

Mittwochvormittag

Krisenstimmung breitete sich im Arion-Theater aus. Auf der Bühne saßen die Mitglieder des Theaterensembles, die *noch* lebten und *noch* nicht verhaftet waren. Ratlos blickten sie sich an. Jeder Einzelne kämpfte mit den Neuigkeiten, die ihnen Wolferl vor knappen fünf Minuten mitgeteilt hatte. Die fade Bühnenbeleuchtung passte zu der bedrückten Stimmung. Intendant Wanderschmied griff sich gedankenverloren an den Kopf, wo ein weißes Pflaster den Verband abgelöst hatte.

»Wir müssen eine Lösung finden«, sagte er leise.

»Wie das auf die Schnelle?« brummte Hagen, »wir haben beide *Leons* verloren.«

»Das ist mir bekannt, Hagen«, antwortete Wanderschmied verärgert.

»Tobi würde so etwas nie machen«, warf Alisa ein. »Das ist alles ein schreckliches Missverständnis.«

»Vielleicht«, meinte Bobby Kutscher ratlos, »aber momentan sprechen alle Beweise gegen ihn.«

»Hat man das Schlangengift mit Tobis Schlangen verglichen?« wollte Charlot wissen.

»Keine Ahnung«, schnaufte der Intendant, der gerne das Besetzungsproblem besprochen hätte. »Tristan ist bei der Polizei.«

»Das ist gut«, sagte Alisa erleichtert. »Tristan wird den wahren Mörder finden.«

»Wieso bist du so sicher«, wollte Sven wissen, »dass Tobi unschuldig ist?«

»Weil ich Tobi kenne«, erwiderte sie scharf.

»So gut, dass du ihm *keinen* Mord zutrauen würdest?« fragte Martin.

Alisa nickte.

»Woher?« hakte Martin nach.

»Wie meinst du das?« Sie sah ihn wütend an.

»Nun, du kennst ihn erst einige Wochen«, antwortete Martin. »Wie gut kann man da einen Menschen kennenlernen?«

»Manchmal reicht ein einziger Augenblick«, erwiderte Alisa trotzig, »um einen Menschen kennenzulernen.«

»War der Sex wenigstens gut?« warf Sven genervt ein. »Jetzt sag doch schon, dass du Sebastian wegen Tobi verlassen wolltest!«

Alisa sprang auf und wäre auf Sven losgegangen, hätte Hagen sie nicht gerade noch am Arm zu fassen bekommen.

»Jetzt reicht es!« schrie Wanderschmied angeschlagen. »*The show must go on*. Also macht konstruktive Vorschläge! Wenn wir keine Lösung finden, hebt sich am Freitag hier kein Vorhang. Wollt ihr das?!«

Das wollte keiner.

Hagen sah Alisa an, die sich beruhigte, worauf er sie losließ.

»Also?! Kennt jemand einen Ersatzmann, der *Leon* spielen könnte?« Wanderschmied musterte die Truppe.

Doch die meisten Schauspielkollegen blickten Alisa strafend an. Sie hatten nicht mitbekommen, dass zwischen Tobi und ihr etwas lief. Aber plötzlich ergab der Anschlag für sie einen Sinn oder zumindest glaubten sie, dass er einen Sinn ergab.

Alisa konnte es am plötzlichen Stimmungswechsel spüren, die Freunde waren gerade dabei, sich in eine Meute jagender Wölfe zu verwandeln. Sie trat einige Schritte zurück, wandte ihnen den Rücken zu und begann leise zu rezitieren:

»Ein güt'ger Herr tut seine Pforten auf
Für alle Gäste, keinen schließt er aus.«

Ihre Stimme schwebte durch den Raum.

»Frei, wie das Firmament die Welt umspannt,
So muss die Gnade Freund und Feind umschließen.
Es schickt, die Sonne ihre Strahlen gleich
Nach allen Räumen der Unendlichkeit,
Gleichmessend gießt der Himmel seinen Tau
Auf alle durstenden Gewächse aus.
Was irgend gut ist und von oben kommt,
Ist allgemein und ohne Vorbehalt,
Doch in den Falten wohnt die Finsternis!«

Sie drehte sich um, und der Klang Schillers Worte hallte im Bewusstsein ihrer Schauspielkollegen nach.

»Ich wollte das nicht«, flüsterte sie. »Aber Liebe kann man nicht aufhalten. Das Herz lässt sich nicht betrügen, der Verstand wohl täuschen.«

Beschämt sagte Sven: »Es tut mir leid, was ich gesagt habe.«

»Tobi hat Sebastian nichts angetan«, wiederholte sie. »Dazu ist er nicht imstande.«

»Wir glauben dir«, brummte Wanderschmied, der jetzt, nach Alisas Interpretation der „Jungfrau von Orleans", sie umso mehr auf der Bühne spielen sehen wollte. »Wir müssen das Problem gemeinsam lösen, also noch mal: Habt ihr Vorschläge?«

2

Draußen krabbelte eine milchig scheinende Sonne hinter den Ausläufern des Rothaargebirges hervor. Ihre schwachen Strahlen schlichen unter einer grauweißen Wolkendecke in die Täler und warfen das erste Sonnenlicht auf die Sturmschäden der Nacht.

Es herrschte absolute Windstille.

Der Sturm hatte die ganze Nacht gewütet und im gesamten Kreisgebiet erhebliche Schäden angerichtet. Polizei und Feuerwehr waren im Dauereinsatz. Die gesamte Kreispolizeibehörde schien ausgestorben zu sein. Nur in der Leitstelle und in der Pressestelle hallten aufgeregte Stimmen aus den Büros. Mit einer ganz anderen Notlage beschäftigten sich Privatdetektiv Tristan Irle, Staatsanwalt Büdenbender, Polizeidirektor Flender sowie die beiden Kriminalpolizisten Pfeiffer und Holzbaum im Besprechungszimmer des Polizeidirektors.

Tristan hörte sich Pfeiffers Beweisführung ruhig an. Der Hauptkommissar schwelgte sichtlich zufrieden in der Fülle von vermeintlichen Beweisen, die er willkürlich hervorhob.

»Und dann haben wir als entscheidenden Beweis«, Pfeiffer klaubte einen Stapel Fotos aus seiner Akte und hielt eins hoch, »diese Schlangen. Es handelt sich dabei um Mojave-Klapperschlangen. Eine der giftigsten Klapperschlangen auf der Welt. Nach ersten Untersuchungen stammt das verwendete Gift von diesen Schlangen. Genaueres erfahren wir im Laufe des Tages vom Beratungszentrum für Reise- und Tropenmedizin aus Gießen.«

Pfeiffer ließ den Stapel theatralisch auf den Besprechungstisch fallen.

»Das sind erdrückende Beweise.« Flender blickte nachdenklich zu Staatsanwalt Büdenbender.

»Tobi beteuert seine Unschuld«, antwortete Büdenbender niedergeschlagen.

»Das machen sie doch immer«, zischte Pfeiffer kalt, während er sich setzte.

»Herr Pfeiffer«, Tristan stand auf und nahm sich einige der Fotos, »diese Schlangen sind kein Schießeisen.«

Die anderen sahen den Detektiv ungläubig an.

»Das wissen wir«, maulte der Hauptkommissar.

»Und dennoch behandeln Sie diese Schlangen so, als wären sie die Tatwaffe.«

»Nun«, räusperte sich Pfeiffer, dann grinste er. »Das sind die Viecher ja auf eine gewisse Weise.«

Tristan ließ sich nicht beeindrucken. Seine lindgrünen Augen blickten sanft über den Rand einer goldenen Halbbrille und fixierten den Hauptkommissar.

»Auf eine gewisse Weise«, wiederholte Tristan, »da mögen Sie Recht haben, aber eben nur auf eine gewisse Weise.«

»Worauf wollen Sie hinaus?« Büdenbender ahnte plötzlich, dass er etwas Entscheidendes in Pfeiffers Beweisführung übersehen hatte.

»Wenn die Schlangen, nun, sagen wir, eine registrierte Schusswaffe wären, mit der jemand erschossen worden wäre, würde der Besitzer der Schusswaffe automatisch als Mörder zu überführen sein?«

Büdenbender schüttelte den Kopf. »Der Besitzer müsste Schmauchspuren an den Händen haben oder es müssten seine Fingerabdrücke auf der Waffe nachgewiesen werden.«

»Herr Pfeiffer, haben Sie Tobis Fingerabdrücke auf den Schlangen feststellen können?« Tristan nahm wieder Platz.

»So ein Unsinn«, knurrte der Kommissar, »die haben wir natürlich nicht.«

»Also können Sie nur mit Gewissheit sagen, dass die Schlangen Tobi gehören«, stellte Tristan sachlich fest, »aber Sie können nicht beweisen, dass Tobi ihnen Gift abgezapft hat, das bleibt eine Behauptung. Sie haben höchstens ein Indiz.«

»So ein Unsinn«, wiederholte Pfeiffer verärgert. »Wer sollte den Biestern denn sonst das Gift abgenommen haben?«

»Der Mörder«, antwortete Tristan, »bloß – das muss nicht zwingend Tobi gewesen sein.«

»Irle hat Recht«, sagte Büdenbender entschieden. »Die WG, in der Tobi wohnt, ist wie ein Taubenschlag. Da kann auch ein Fremder Hand an die Schlangen gelegt haben.«

»Wir haben ein Motiv«, mischte sich Holzbaum ein.

»Eifersucht?!« brummte Tristan.

»Ja«, nickte Pfeiffer energisch.

»Soweit ich mitbekommen habe«, erklärte Tristan, »hat sich Alisa bereits für Tobi entschieden. Warum sollte Tobi dann noch den Ex umbringen?«

Das leuchtete auch Pfeiffer ein. Nervös zog er eine Schachtel Zigaretten aus seinem Jackett.

»Er kennt sich mit den Biestern aus«, beharrte er trotzig und spielte mit der Schachtel. »Wer käme sonst in Frage?«

»Das müssen wir herausbekommen!« sagte Büdenbender scharf.

3

Justus Kehrer betrachtete die Bühne. Es war kein schöner Anblick, der sich ihm darbot. Überall sah er niedergedrückte Menschen, dabei sollte die Komödie Heiterkeit und gute Laune verbreiten. Schließlich hatte man nicht umsonst dieses Stück als Saisonbeginn ausgewählt.

Der Vorsitzende fand es unerträglich, wie sich die Schauspieltruppe gehen ließ. Dabei sollten sich die meisten von ihnen glücklich schätzen, endlich mal wieder die Miete zahlen zu können. Das Theater war ja kein Sozialverein, es bezahlte die Schauspieler anständig, dafür erwartete Justus Leistung.

»Wolferl!« rief er aus dem Zuschauerraum. »Wann beginnt die Probe?«

»Justus, du hier«, staunte Wanderschmied, der den Vorsitzenden nicht bemerkt hatte.

»Bin vor ein paar Minuten hereingeschlichen«, antwortete Justus. »Was ist denn jetzt?«

»Wir haben Leon verloren«, sagte der Intendant niedergeschlagen.

»Und?« schnaubte Justus und erhob sich. »Ist es denn so schwer, einen Ersatz zu finden?«

Mit schnellen Schritten eilte er der Bühne entgegen.

»Es sind nur noch ein paar Tage bis zur Premiere«, raunte Wanderschmied, als Justus die Bretter betrat, die die Welt bedeuten.

»Na, umso dringender ist es, Entscheidungen zu fällen«, bellte Justus.

Bis jetzt traute sich keiner des Ensembles, einen Einwand zu formulieren. Sie wussten, wer ihre Gage bezahlte.

»Das sagst du so leicht«, raunte Wanderschmied.

»Jetzt geh doch nicht so intellektuell an die Sache ran«, mokierte sich der Vorsitzende, »denk praktisch.«

Justus lief zur Hochform auf.

»Also, wo stehen wir?« fragte er viel zu laut und gab auch gleich die Antwort: »Uns fehlt ein Schauspieler.«

Die anderen stöhnten.

»Wir suchen einen neuen Schauspieler«, sagte Justus entschieden, »das kann ja nicht so schwer sein.«

»Wie soll der denn so schnell *Leons* Rolle einspielen?« warf Wanderschmied ein.

»Muss er ja gar nicht«, grinste Justus und wandte sich an Sven und Martin. »Wer von euch hat den Schneid, den *Leon* zu übernehmen?«

»Sven spielt den *Atalus*«, gab Wanderschmied zu bedenken, »das ist fast wie eine Hauptrolle.«

»Wolferl hat Recht«, sagte Sven, »es macht wenig Sinn, dass zwei den Text neu lernen.«

»Ich könnte den *Leon* spielen.« Martin Bäcker richtete sich auf. »Ich denke, das bekomme ich hin.«

»Und wer übernimmt dann deine Rolle des *Galomir*?« rief Alisa.

Justus sah sich die Männer genauer an und meinte dann: »Herr Kutscher hat doch noch ein jugendliches Aussehen, wie wäre es, wenn er die Rolle übernimmt?«

»Dann verlieren wir den Grafen *Kattwald*«, stöhnte Wanderschmied und schüttelte den Kopf.

In diesem Moment schob der Bühnenmeister den rechten Seiteneingang auf und ein weißes Etwas flatterte in den Theaterraum. Hinter dem Bühnenmeister betrat Erich den Saal und sah sich neugierig um.

»Ach du meine Güte«, stieß Justus beim Anblick des Zwei-Meter-Menschen aus. »Sie da, können Sie schauspielern?«

»Das ist der Diakon der Marienkirche«, knirschte Wanderschmied mit den Zähnen.

»Perfekt, er hat doch ein tolles Erscheinungsbild«, strahlte Justus.

Erich, von der unerwarteten Anfrage ein wenig verblüfft, antwortete: »Ein wenig schon. Aber eigentlich bin ich hier mit Tristan Irle verabredet.«

»Na, wer sagt es denn«, jubilierte Justus, »das Problem ist gelöst.«

Unterdessen schwebte Marlowe auf die Bühne, watschelte einige Schritte über den Boden, dann sträubte er seinen Kamm und krächzte: »Jetzt schwillt des Dichters Geist zu göttlichen Gesängen, / Lass strömen sie, o Herr, aus höherem Gefühl, / Lass die Begeisterung die kühnen Flügel schwingen, / Zu dir, zu dir, des hohen Fluges Ziel.«

Die Anwesenden glotzten den weißen Vogel verblüfft an.

»Hat der gerade Schiller zitiert?« fragte Wanderschmied, nur um sicherzugehen, dass er seine Sinne noch alle beisammen hatte.

»Oh, ja«, grinste der Diakon. »Das ist Tristans Haustier. Er heißt Marlowe.«

»Wie treffend«, meinte Bobby Kutscher, der gerade vom Grafen zum Trottel degradiert wurde.

»Marlowe«, erklärte Erich weiter, »hat eine harte Schule durchgemacht, als er jung war.«

»Wusste gar nicht, dass Kakadus auf eine Schule gehen«, staunte Charlot.

»Tristan hat ihm ständig irgendwelche deutschen Dichter vorgelesen«, fuhr der Diakon fort, »irgendwann babbelte Marlowe es einfach nach. Manchmal trifft er damit den Nagel auf den Kopf.«

»Er ist süß«, sagte Alisa und ging auf Marlowe zu.

»Vorsicht, Marlowe kann mit seinem Schnabel ganz schön zubeißen«, warnte Erich.

Doch Marlowe hatte genug Aufmerksamkeit erhascht; als Alisa zu nahe kam, flatterte er einfach davon.

»Wie stubenrein ist der Vogel?« fragte der Bühnenmeister kritisch, während er Marlowes Kreise über den Rängen verfolgte.

»Oh!« stieß Erich aus und betrachtete die eleganten Sitzreihen.

4

»Haben Sie Spuren an der Falle gefunden?« fragte Tristan die beiden Kommissare.

»Nein«, schüttelte Holzbaum den Kopf. »Nicht einmal die Dornen lassen sich als Spur verwenden.«

»Dann müssen wir herausbekommen, wie der Mörder die Falle in den Kräuterkorb geschmuggelt hat«, überlegte Tristan laut.

»Wir!« knurrte Pfeiffer. »Ich bin überzeugt, dass der Mörder unten in der Untersuchungszelle sitzt.« Er deutete mit einem Kugelschreiber auf den Boden des Besprechungszimmers.

Flender und Büdenbender hatten den Raum bereits verlassen. Der Polizeidirektor wurde gebraucht, und der Staatsanwalt wollte Tobi in seiner Zelle besuchen.

»Jetzt seien Sie doch nicht so verbohrt!« Genervt stand Tristan auf. »Tobi hat kein Motiv, kapieren Sie das doch!«

»Herr Irle«, grinste Pfeiffer kalt, »so sehr ich Sie auch schätze, die Indizien sprechen für sich.«

»Eben! Es sind Indizien!« stieß der Detektiv aus. »Ich spreche jetzt mit Tobi, wollen Sie mitkommen?«

»Danke, kein Interesse«, schüttelte Pfeiffer den Kopf. »Wir müssen uns um einen imaginären Besitzer von Klapperschlangen kümmern.«

»Wie Sie meinen«, stöhnte Tristan und verabschiedete sich.

Er suchte einen Fahrstuhl und fuhr ins Erdgeschoss. Die Zellen der Kreispolizeibehörde befanden sich im Neubau der Behörde nebenan. Tristan durchquerte einen langen Flur und gelangte in ein verglastes Foyer, das beide Gebäude miteinander verband. Ein Polizist in Uniform erkannte ihn und begleitete ihn zur Wache, die links des Haupteingangs untergebracht war. Büdenbender hatte sein Kommen angekündigt und so ließ man ihn in den Sicherheitsbereich.

»Folgen Sie mir«, sagte der wachhabende Polizist. »Staatsanwalt Büdenbender hat das Gebäude verlassen. Sie können allein mit Tobi sprechen.«

Überrascht blickte Tristan den Beamten an.

»Müssen sich gestritten haben«, antwortete der Polizist, während er eine Tür aufschloss, hinter der ein trostloser Gang lag, der zu den Zellen führte. »Die waren so laut, dass man das hier hörte.«

Sie betraten den Gang und Tristan zählte fünf Zellentüren. Der Polizist ging zur zweiten Tür.

»Tobi, du bekommst Besuch«, rief der Beamte und schloss die Zellentür auf.

Der Polizist zog die schwere Metalltür mit einem kurzen Ruck auf, als wäre sie federleicht. Dahinter saß Tobi auf einer gemauerten Pritsche und blickte bedrückt auf. Als er Tristan erkannte, verwandelte sich sein Gesichtsausdruck. Nach Stunden der Angst kehrte ein Hauch von Hoffnung zurück.

»Tristan!«, rief er und sprang auf.

»Ich lasse Sie allein«, sagte der Polizist, »die Tür muss ich aber schließen.«

Tristan nickte und betrat die Zelle. Hinter ihm schloss sich die Metalltür.

»Kein gutes Gefühl«, bemerkte Tobi, »was!«

Tristan nickte und setzte sich auf die Pritsche. Tobi setzte sich neben ihn.

»Viel Platz hat man hier nicht«, sagte Tobi leise.

Tristan sah sich um. Ein Metallklo, ein Metallwaschbecken, der Boden und die Wände waren mit Linoleum ausgelegt und eine Pritsche mit weicher Matratze, auf der sie saßen. Licht fiel durch ein vergittertes Oberlicht in die Zelle, die gerade mal so groß wie ein Schuhkarton war. Hier wollte man nur eins: möglichst schnell wieder rauskommen.

»Schön, dass du da bist«, sagte Tobi.

Tristan klopfte seinem Theaterkollegen auf die Schulter und meinte dann: »Also, du sitzt ganz schön in der Tinte.«

Tobi nickte. »Ich weiß. Mir gehören die Schlangen und diese „Babys" sind echt gefährlich.«

»Wieso hältst du dir Schlangen?« fragte Tristan. »Bei Mädchen kommen die doch sicher nicht an.«

»Oh, da täuschst du dich aber«, grinste Tobi schelmisch. »Die Mädels lieben die Gefahr und die Herausforderung. Die meisten, denen ich meine Schlangen gezeigt habe, wollten sie auch anfassen. – Eigentlich haben nur meine Kumpels auf einen direkten Kontakt verzichtet.«

»Was uns mal wieder beweist«, antwortete Tristan in einem weisen Tonfall, »dass das schwache Geschlecht eigentlich doch das stärkere ist.«

»Wem sagst du das«, flüsterte Tobi. »Gleich beim ersten Mal, als ich die Tierchen gesehen habe, das war in der Mojave-Wüste in Kalifornien, haben sie mich fasziniert. Schlangen sind das Symbol für Tod und Leben. Sie treten in unseren Mythen als die böse Paradiesschlange auf oder umwinden im Guten den Äskulapstab, das Zeichen der Ärzte. Kaum ein anderes Tier wird mythologisch so beansprucht wie die Schlange. Das macht sie für mich so interessant.«

»Und deshalb steckst du nun wirklich tief in der Scheiße.« Tristan ließ keinen Zweifel daran, dass er sich Sorgen um Tobi machte. »Man kann dir den Mord nicht direkt beweisen, aber die Indizien sind erdrückend.«

»Ich weiß, mein Onkel hat das eben sehr deutlich gemacht«, antwortete Tobi. »Aber ich war das nicht.«

»Das müssen wir beweisen«, meinte der Detektiv. »Und die Schlangen können dabei helfen.«

»Willst du sie fragen?« versuchte Tobi zu scherzen.

»Nun, keine schlechte Idee«, grinste Tristan, »aber ich glaube kaum, dass deine Haustiere so clever sind wie meins.«

»Dein Haustier spricht?!«

»Andauernd«, nickte der Detektiv. »Ich hoffe, du wirst Marlowe, meinen Kakadu, mal kennenlernen.«

»Und ich dachte schon, ich wäre sonderlich«, grinste Tobi.

»Na ja, Marlowe beißt einem höchstens mal in den Finger, da sind deine Schlangen schon ein anderes Kaliber.«

Tobi dachte nach. »Wir haben immer Besuch«, sagte er schließlich. »Peter, mein Mitbewohner, lädt ständig irgendwelche Leute ein.«

»Ich hab ihn kennengelernt. Was macht er?«

»Er studiert Kunst und Fotografie.«

»Kann man das in Siegen an der Uni studieren?«

»Nicht so wie an einer Kunsthochschule, aber er will Lehrer werden, da ist die Siegener Uni gut gewählt.«

»Weißt du, der Mörder kann kein Fremder sein«, sagte Tristan leise. »Wer immer einen Groll gegen Sebastian hegte, muss mit dem Theaterstück oder zumindest mit dem Theater zu tun haben. Sonst hätte er die Schnappfalle nicht platzieren können, außerdem muss er auch noch das Schlangengift abgezapft haben.«

»Du glaubst, es war einer aus der Truppe?« fragte Tobi verstört.

»Oder jemand vom Personal«, ergänzte Tristan. »Kannst du dich an einen Besucher erinnern, der auffällig war?«

»Nein, es waren fast alle aus dem Theater mal bei mir zu Hause.«

»Das hilft nicht weiter«, seufzte Tristan.

»Alisa war es jedenfalls nicht, wenn du das denken solltest.« Tobi sah Tristan ernst an. »Sie hat gar keinen Grund.«

»Niemand kannte Sebastian, bevor er mit der Probe begann. Alisa mal ausgenommen. Und wie ich mitbekam, hatte Sebastian keine Feinde, nur dich als Konkurrent und das gleich in zweifacher Hinsicht.«

»Was mich zum Hauptverdächtigen macht«, stöhnte Tobi, »das habe ich verstanden.«

»Wir drehen uns im Kreis«, meinte Tristan.

Sie saßen einen Augenblick schweigend nebeneinander. Schließlich fragte der Detektiv: »Wo hast du die Schlangen eigentlich her?«

»Von einem Händler aus dem Internet«, antwortete Tobi. »Es gibt eine Züchter-Datenbank, dort findet man Kontaktadressen. Ich hab die Jungtiere dann in Frankfurt am Main abgeholt.«

»Es ist nicht verboten, die Tiere zu halten?« fragte Tristan überrascht.

»Tiere, die von der Bundesrepublik unter den Artenschutz gestellt sind, dürfen nicht gehalten werden. Meine Mojave-Klapperschlangen zählen aber nicht zu den gefährdeten Arten. Jedenfalls steht diese Schlangenart noch nicht in der

Roten Liste des „International Union for Conservation of Nature and Natural Resources“«, erklärte Tobi. »Außerdem hat jedes Bundesland seine eigenen Gesetze, was den Naturschutz und die Haltung von Tieren angeht. In NRW gibt es klare Richtlinien, wie zum Beispiel eine Klapperschlange zu halten ist. Da wird sogar die Größe des Terrariums festgelegt.

Letztlich geht es aber darum, dass durch die Tierhaltung potenziell gefährlicher Tiere keine Gefahr für unbeteiligte Menschen ausgehen darf.«

»Was ja vernünftig ist«, meinte Tristan.

»Bloß, dass die Tiere meistens nicht die Bösen sind«, erwiderte Tobi. »Jedenfalls kann man mir keinen Strick aus der Haltung dieser Schlangen drehen, das ist soweit alles legal.«

»Okay«, stöhnte Tristan und stand auf. »Dann müssen wir jetzt herausfinden, wie die Schnappfalle in *Edritas* Korb gelangen konnte.«

Bei dem Namen *Edrita* verzog Tobi sein Gesicht, als hätte man ihm in den Magen geschlagen.

»Was wird aus dem Stück?« fragte er schuldbewusst.

»Keine Ahnung«, antwortete Tristan. »Wenn ich das richtig sehe, haben wir beide *Leons* verloren.«

»Tristan, ich muss hier raus!« flehte Tobi.

»Ich werde mein Bestes geben«, versprach der Detektiv und klopfte gegen die Stahltür.

5

»Das ist nicht dein Ernst!« Wanderschmied stand mit Justus in seinem Büro. »Das lasse ich mir nicht bieten.«

»Jetzt beruhige dich doch, Wolferl!« Der Vorsitzende versuchte seinen Intendanten zu besänftigen. »Sieh doch mal, das war eine rein praktische Entscheidung.«

»Du kannst nicht einfach in meine Kompetenzen eindringen«, erwiderte Wanderschmied beleidigt. »Dieser Mann ist ein Priester!«

»Na und«, antwortete Justus selbstgefällig, »dieser Ratzinger spielt jetzt auch die Rolle seines Lebens. Er hat sogar einen Künstlernamen angenommen, nennt sich jetzt Benedikt der So-und-so-Vielte. Die katholischen Priester haben das Schauspiel im Blut bei der ganzen Schau, die die vor dem Altar abziehen.«

»Dennoch hättest du nicht vor der ganzen Mannschaft entscheiden dürfen«, wiederholte Wanderschmied beleidigt. »Unter diesen Umständen sehe ich mich gezwungen, das schwere Amt des Intendanten niederzulegen.«

Justus sah seinen langjährigen Begleiter im Kampf um ein „Siegener Theater" an.

»Du meinst das wirklich ernst!« stellte der Vorsitzende entsetzt fest.

»Ja, natürlich!« rief Wanderschmied wütend.

»Das kannst du nicht«, konterte Justus, nicht weniger laut.

»Und ob ich das kann«, brüllte Wanderschmied und ging um seinen Schreibtisch, riss eine Schublade auf, hob einen Stapel Dokumente heraus und ließ ihn auf den Schreibtisch plumpsen. Dann begann er von oben die Blätter durchzusehen, wobei das ein oder andere Blatt auf dem Boden landete.

»Was suchst du?« fragte Justus.

Genau das hatte Wanderschmied mit seiner Handlung provozieren wollen. »Den Arbeitsvertrag! Damit ich ihn zerreißen kann«, knurrte er, während er wieder eines der Dokumente einfach auf den Boden fallen ließ.

»Wolferl, deine Reaktion ist völlig überzogen«, versuchte Justus seinen Freund zu beruhigen. »Das liegt sicherlich an dieser Kopfverletzung.« Er deutete auf Wanderschmieds Pflaster.

Der Intendant ließ sich nicht in seinem Wutausbruch aufhalten und wühlte weiter. Vielleicht hätte er seinen Vertrag noch gefunden, doch als Tristan in Wanderschmieds Büro erschien, veränderte sich die Haltung des Intendanten auf überraschend schnelle Weise. Er stellte die Suche ein und schenkte augenblicklich seine ganze Aufmerksamkeit dem Detektiv.

»Gut, dass Sie gekommen sind«, stöhnte Justus unterdessen.

»Was ist denn hier los?« fragte Tristan, den die vielen verstreuten Blätter auf dem Boden irritierten.

»Eine kleine Meinungsverschiedenheit«, lächelte Wanderschmied, »die jetzt wohl geklärt ist!« Er sah den Vorsitzenden eindringlich an.

»Okay, ich mische mich nicht mehr ein«, sagte Justus unterwürfig und begab sich zur Tür. »Aber du solltest doch überlegen, den Geistlichen für die Rolle zu nehmen«, betonte er nochmals überzeugt und verließ dann den Raum.

»Was für ein Geistlicher?« fragte Tristan.

Wanderschmied beugte sich zu einem der heruntergefallenen Blätter und begann die verstreuten Unterlagen wieder aufzusammeln. Tristan ließ sich nicht lange bitten und half. Unterdessen erklärte er Tristan, wie es zu dem Streit mit dem Vorsitzenden des Theatervereins gekommen war.

»Und weil Justus so ein alter Dickkopf ist«, endete Wanderschmied mit seiner Erklärung, »musste ich ihm eine emotional nachhaltige Szene liefern, sonst ändert der sich nicht.«

»Und deshalb musstest du Personalunterlagen verstreuen?« Tristan stellte dies fest, als er einen Blick auf eines der Blätter warf.

»Ja, das war der größte Stapel im Schreibtisch«, grinste Wanderschmied, »die anderen Haufen hätten nicht die Wirkung gehabt. Da wäre alles viel zu schnell vorbei gewesen.«

Tristan schüttelte ungläubig den Kopf und sammelte weitere Unterlagen ein. Hie und da warf er einen Blick auf die Blätter. Als sie die letzten Unterlagen zusammenlegten, sagte Tristan: »Ich könnte mir Erich als Graf *Kattwald* gut vorstellen.«

Wanderschmied verstaute die Papiere wieder in seinem Schreibtisch und setzte sich.

»Dieser Erich ist eine Erscheinung«, antwortete er nachdenklich. »Und du meinst, er könnte das in zwei Tagen hinbekommen, ich meine Text lernen und so weiter?!«

»Ja, das bekommt er hin«, nickte Tristan.

»Dann sollten wir anfangen«, schnaufte Wanderschmied und klopfte auf die Schreibtischplatte, während er rief: »Toi, toi, toi!«

6

Erich wurde von Hagen Müller, dem *Bischof,* herumgeführt. Sie standen auf der Portalbrücke und blickten aus fast 10 Metern Höhe hinunter auf die Bühne. Um sie herum war eine Menge Bühnentechnik installiert. Viele Seilzüge und Winden hingen von der Decke. Kilometerlange dünne und dicke Seile spannten sich mal waagerecht, mal senkrecht durch den Raum. Die Bühnenöffnung unter ihnen, das kleine rechteckige Fenster, durch das der Zuschauer auf die Bühne sehen konnte, wirkte winzig im Verhältnis des

Raumes, der sie in diesem riesigen Kubus umgab.

»Was du hier siehst«, erklärte Hagen und deutete auf einen Boden aus Gitterrosten, »nennt man Schnürboden.«

Erich betrachtete die vielen Seile, die durch den Boden nach unten führten.

»Wegen der Seile?« fragte er.

»Ja, so kann man sich hier oben bewegen«, antwortete Hagen und ging weiter auf eine Brüstung zu.

»Es ist schrecklich, was mit diesem jungen Schauspieler passiert ist«, sagte Erich und musste sich tief bücken, um nicht mit dem Kopf gegen einen Flaschenzug zu stoßen.

»Ja, das kann man so sagen«, brummte Hagen und warnte: »Vorsicht jetzt, wir gehen an der Wand entlang quer durch den Zuschauersaal hinüber zur Regie.«

Über eine Art Steg durchquerten sie den Saal und gelangten schließlich in den Regieraum.

»Wie sind Sie zum Schauspiel gekommen?« fragte Erich, als sie wieder festen Boden unter den Füßen hatten.

»Wir duzen uns eigentlich alle«, merkte Hagen freundlich an.

»Oh!« staunte Erich und sagte dann, »kein Problem, ich bin der Erich.«

»Ja, das weiß ich«, grinste Hagen. »Ich wollte es immer machen, das Schauspielen.«

»Es ist schön, wenn man mit seiner Passion Geld verdienen kann«, meinte der Diakon und betrachtete einige Scheinwerfer, die auf Lafetten befestigt waren.

»Passion?« hakte Hagen nach.

»Leidenschaft«, erklärte Erich.

»Ach so!«

Die beiden blickten aus dem Regieraum hinunter in den Zuschauersaal und auf die Bühne.

»Ich glaube, die winken uns«, meinte Erich, als er den Intendanten und Tristan wild mit den Armen wedeln sah.

»Oh, oh«, stöhnte Hagen, »dann lass uns mal einen Schritt zulegen.«

Unten auf der Bühne schüttelte Wanderschmied den Kopf und versuchte sich nicht aufzuregen. Allerdings fiel ihm das schwer, sehr schwer. Statt sich mit dem Text auseinanderzusetzen, spazierte sein neues Ensemblemitglied durch das Theater, als wäre es auf Besichtigungstour. Zu allem Überfluss flatterte eine weiße Kreatur durch den Saal und verursachte Panik beim Reinigungspersonal, das, angeführt vom Bühnenmeister, im Moment gerne im Besitz eines gültigen Waffenscheins gewesen wäre.

Der Rest der Truppe lungerte im Theater rum, statt sich auf die neue Situation vorzubereiten, wobei Wanderschmied auf die Frage, wie eine solche Vorbereitung denn angesichts eines Mordanschlages und der Verlust eines Freundes auszusehen hätte, mit der Regieanweisung „Achtung, Vorhang“ geantwortet hätte.*

»Also, alle Mann auf die Bühne«, rief Wanderschmied, »und fangt endlich diesen Kakadu ein.«

Marlowe fand es toll im Theater. Er entdeckte gerade, dass hinter der Bühne ein noch größerer Raum zum Erkunden lag. Mit den ganzen Aufbauten und seiner Mechanik wurde das Fliegen zur echten Herausforderung.

»Tristan! Was ist mit diesem Vogel?!« schnaufte Wanderschmied.

»Marlowe!« rief Tristan, »komm her!«

Doch Marlowe hatte anderes im Sinn.

Langsam trafen die Schauspielerinnen und -spieler auf der Bühne ein. Als alle beisammen waren, sagte Wanderschmied: »Ich habe mich entschieden, Erich Roth als *Graf Kattwald* einzusetzen. Haben wir ein Textbuch für ihn?«

»Ich habe das hier von Sebastian aus seiner Garderobe genommen«, sagte Charlot betrübt.

---

* Der Vorteil eines Regisseurs ist es, Dinge meist nur skizzenhaft andeuten zu müssen. So wie ein General, der ruft „Auf in die Schlacht“, wenn der Soldat weiß, wo der Feind steht, ist in den meisten Fällen klar, was zu tun ist. Sollte dennoch was schief gehen, dann waren die Soldaten schuld, was leicht zu behaupten ist, weil sich in diesem Fall die meisten Soldaten eh nicht mehr wehren können. Schauspielern geht es ähnlich.

»Gut, gib es Erich. Bibi, können wir auf die Schnelle ein Kostüm für ihn auftreiben?«

Die Frage war an eine zierliche Frau im Hintergrund gerichtet, die als Requisiteurin tätig war.

»Das wird schwierig werden«, sagte sie leise, »er ist so groß. Im Fundus werden wir nichts haben.«

»Ja, das kann ich mir denken, überleg dir was. Alisa, du solltest mit Erich den Text einstudieren, während Martin und Charlot die Szenen mit *Leon* hier auf der Bühne üben. Die anderen können gehen. Sobald Erich einigermaßen textsicher ist, starten wir eine zweite Generalprobe. Noch Fragen?«

Dies war nicht der Fall.

Die Schauspieler verließen die Bühne.

»Wolferl, was ist mit denen?« fragte der Bühnenmeister und deutete auf das Reinigungspersonal, das mit Staubsaugern und Wischern vor der Bühne wartete.

»Die müssen warten«, schnaufte der Intendant. »So schmutzig ist es ja wohl nicht.«

Der Bühnenmeister nickte und entließ die Reinigungstruppe.

Tristan folgte Bobby und Hagen hinunter in die Garderobe, vorher rief er aber nochmals nach Marlowe, doch der war im Gewirr der Bühnentechnik verschwunden.

7

Pfeiffer ließ die morgendliche Besprechung nicht ganz unberührt. Zwar war er mit seiner Arbeit voll im Reinen, aber das ein oder andere, was Tristan eingewendet hatte, zündete in seinen Synapsen. Das Ergebnis war eine zarte Überlegung, die ihn veranlasste, alle beteiligten Personen durch den Computer zu jagen. Wobei hier der Genauigkeit wegen darauf hingewiesen werden muss, dass er dies nicht selbst durchführte. Eine adrette Kollegin ging ihm zur Hand. Holzbaum, das hatte Pfeiffer entschieden, sollte erst einmal von dieser Aktion nichts mitbekommen. Er würde seinem Partner schon zeigen, dass er mit der neuen Elektronik genauso gut umgehen konnte wie mit seiner neuen Dienstwaffe.

»Und wir finden hier alles?« fragte er, »selbst den kleinsten Strafzettel?«

»Alles, selbst den kleinsten Strafzettel, sofern er elektronisch erfasst ist, was heutzutage fast immer der Fall ist«, lächelte die Kollegin.

»Super«, nickte der Hauptkommissar.

»So, das war's«, sie tippte noch einen Befehl ein, dann begann der Drucker Blätter auszuspucken.

»Da wird Holzbaum staunen«, grinste Pfeiffer und nahm den Stapel aus der Druckerablage.

»Schön, wenn ich helfen konnte«, nickte die Polizistin.

Pfeiffer verließ das Büro der Kollegin und eilte zurück an seinen Schreibtisch.

»Na, dann wollen wir mal sehen«, flüsterte er und nahm sich ein Dossier nach dem andern vor.

Nachdem er die Hälfte durchgelesen hatte und nichts Interessantes finden konnte, fragte er sich, wo sein Kollege blieb. Ihn beschlich das ungute Gefühl, dass Holzbaum bei seiner Arbeit mehr Spaß haben könnte als er im Moment. Pfeiffer schluckte seinen aufkommenden Groll gegen niemanden im Speziellen herunter und hoffte, bei der nächsten Akte auf schmierige Geheimnisse zu stoßen, wie zum Beispiel eine Festnahme in einem Bordell bei eindeutig bizarren Sexspielen oder ein aktenkundiger Vermerk, einem Fetisch zu frönen.

Am abgefahrensten wäre Latex-Babykleidung, dachte Pfeiffer und grinste breit.

Doch keiner der Schauspielerinnen und Schauspieler hatte mehr als einen Strafzettel wegen zu schnellen Fahrens kassiert. Was für Pfeiffer ganz klar den Tatbestand eines ungewöhnlichen Verhaltens symbolisierte. Nur höchst suspekte Typen hielten sich im Straßenverkehr immer an die Regeln. Allerdings teilte Justitia diese Meinung nicht, was den Hauptkommissar so ziemlich vom Rest der Polizeitruppe isolierte. Jedenfalls musste Pfeiffer erkennen, dass die Mitglieder des Schauspielensembles so etwas von stinknormal waren, dass man sich fragte, wie es zu all den Orgiengeschichten rund um die Künstlerbranche kommen konnte.

Er schmiss die letzte Akte auf den Stapel und lehnte sich zurück. Der kleine Spielcomputer lag verführerisch neben dem Telefon und schien ihm zuzulächeln.

»Nein!« schnaufte der Hauptkommissar, »jetzt nicht.«

Er zündete sich ungeachtet des allgemeinen Rauchverbotes eine Zigarette an und genoss den Augenblick absoluter Ruhe. Das gab es selten in Pfeiffers Leben, und so überlistete er sein eigenes Gehirn, das plötzlich einen Gedanken produzierte, an dem er sich fast verschluckt hätte. Völlig baff drückte er die Zigarette aus und sprang auf.

Er verließ das Büro und wäre fast gegen Holzbaum gerannt, der mit einem dicken Sandwich in der Hand wie ein Berg vor ihm stand.

»Was ist los?« fragte der Kommissar überrascht.

»Komm mit«, antwortete Pfeiffer, »ich habe da plötzlich eine Eingebung gehabt.«

»Oh«, seufzte Holzbaum, der wusste, dass Pfeiffers Eingebungen meist in einer Schießerei, einem schlimmen Autounfall oder der baldigen Dienstentlassung enden konnten.

»Ich sag dir«, schoss es aus dem Hauptkommissar heraus, »das war ganz merkwürdig.«

»So?!« Holzbaum versuchte Schritt zu halten.

»Ja, als hätte eine unsichtbare Hand auf die Wand geschrieben.«

»So wie bei Belsazars Gastmahl?«

»Was?« Pfeiffer blieb stehen und blickte Holzbaum ungläubig durch seine Nickelbrille an.

»Aus der Bibel, im Buch Daniel« erklärte Holzbaum, »da bekommt der babylonische König Belsazar von Gottes Hand eine Nachricht an seine Palastwand geschrieben, die ihm einen mächtigen Schrecken einjagt.«

»So?« brummte Pfeiffer und ging weiter.

»Er bekommt dort seinen Untergang prophezeit«, sagte Holzbaum nachdenklich. »Wollen wir hoffen, dass deine Erscheinung nicht unseren Untergang andeutet.«

»Was du immer denkst«, schüttelte Pfeiffer den Kopf.

»Wo willst du eigentlich hin?«

»Zu diesem Tobi!« grinste Pfeiffer diabolisch.

Tobi schien sich über den Besuch der beiden Kommissare zu freuen.

»Es ist etwas eng hier«, sagte er freundlich, »aber setzen Sie sich doch.«

»Für jemand, der unter Mordverdacht steht«, knurrte Pfeiffer, »sind Sie erstaunlich gelassen.«

»Herr Pfeiffer«, antwortete Tobi, »ich bin Schauspieler. Glauben Sie mir, Höflichkeit hilft im Umgang, dennoch bin ich nicht so abgebrüht, als dass ich mir keine Sorgen machen würde. Aber ich bin unschuldig.«

»Das sagen alle«, erwiderte der Hauptkommissar, »aber um nette Konversation zu betreiben sind wir nicht gekommen.«

»Weswegen denn dann?« lächelte Tobi.

»Ich habe mir die Lebensläufe Ihrer Kollegen angeschaut«, begann Pfeiffer, »da ist mir etwas aufgefallen.«

»So?! Ihnen ist aufgefallen, dass wir alle Schwerverbrecher sind.« Tobi sagte das, als würde er Bonbons anbieten.

»Wenn ich Ihre vorbildlichen Führungszeugnisse sehe, könnte ich stutzig werden«, antwortete Pfeiffer bissig, »aber jetzt mal im Ernst. Wie gut kennen Sie Ihre Kollegen?«

8

Tristan setzte sich auf einen Stuhl in Hagens Garderobe.

»Eine schlimme Sache«, brummte Hagen, »was meinst du, Tristan, ist Tobi ein Mörder?«

»Nein, das denke ich nicht«, antwortete der Detektiv.

»Einer von uns ist es«, bemerkte Bobby, der sich eine Flasche Wasser von einem kleinen Tisch in der Mitte der Garderobe nahm.

»Das fürchte ich auch«, nickte Hagen.

»Das entschärft die Situation wohl kaum«, sagte Tristan nachdenklich.

»Wer sollte denn sonst noch ein Motiv haben«, warf Bobby ein. »Ich meine, wir haben ja alle mitbekommen, was zwischen Alisa und Tobi abging.«

»Das ist ja das Verwirrende an der Sache«, sagte Tristan. »Sebastian hätte eher ein Motiv gehabt, Tobi umzubringen als umgekehrt.«

»Ach was!« schnaufte Hagen. »Dann müsste sich Alisa entschieden haben.«

»Das hat sie«, nickte der Detektiv.

»So?!« staunte Bobby und schraubte die Wasserflasche auf. »Davon hat aber keiner etwas mitbekommen.«

»Sollten wir wohl auch nicht«, meinte Hagen, »wir sind Schauspieler und die beiden werden mal ganz Große werden.«

»Aber wenn Tobi kein Motiv hatte, wer von uns hegte so einen Hass auf Sebastian, dass er ihn umgebracht hat?« Bobby nahm einen tiefen Schluck aus der Flasche.

»Das ist das Rätsel, was es zu lösen gilt«, meinte Tristan. »Habt ihr eine Ahnung?«

»Ich habe Sebastian erst hier kennengelernt«, antwortete Bobby.

»Ich ebenfalls«, ergänzte Hagen.

»Und von den anderen, wer könnte da Sebastian schon gekannt haben?« Tristan sah die beiden Schauspieler nachdenklich an.

»Soweit ich weiß«, antwortete Bobby langsam, »waren Alisa und Sebastian die letzten Jahre nicht in Siegen.«

»Ja, das stimmt«, nickte Hagen. »Die beiden haben in Hamburg irgendwelche Schauspielseminare besucht und immer mal als Aushilfe bei der ein oder anderen Produktion mitgearbeitet.«

»Aber sie stammen hier aus Siegen?« fragte Tristan.

»Soweit ich gehört habe«, sagte Bobby, »haben sie ihr Abitur hier im Siegerland gemacht.«

»Wenn jemand die beiden von früher her kennt«, überlegte Hagen, »dann dürften das wohl nicht wir sein.«

Tristan blickte Hagen fragend an.

»Nun ja, wir«, Hagen deutete auf Bobby, »wir sind zu alt.«

»Du meinst, Alisa und Sebastian könnten noch aus der Schulzeit Kontakte zu den Jüngeren unserer Truppe haben?« Tristan stand auf.

»Wäre plausibel«, sagte Bobby. »Irgendjemand muss ihnen ja gesteckt haben, dass Wolferl dieses Stück plant.«

»Dann kämen Sven, Martin und Charlot in Frage«, resümierte Tristan.

»Die wären im gleichen Alter, ja«, meinte Hagen.

»Dann sollte ich mich mal mit denen unterhalten«, sagte Tristan.

»Charlot und Martin üben«, erinnerte Bobby den Detektiv.

»Dann suche ich mal Sven auf«, antwortete Tristan.

Er ging zur Tür, blieb stehen und fragte: »Habt ihr eine Ahnung, wer sich von den Kollegen mit Schlangen auskennt?«

»Keine Ahnung, wer von denen Ophidia-Fan ist«, antwortete Bobby, »bei den jungen Leuten weiß man ja nie, worauf die gerade abfahren.«

»Ich habe gehört«, ergänzte Hagen, »dass sich Martin für die Kriechtiere interessierte.«

»Danke«, nickte Tristan, »dann werde ich ihn mal fragen.«

»Viel Glück«, sagte Hagen und klopfte sich auf den wohlgenährten Magen. »Ich könnte ein zweites Frühstück vertragen. Bobby, kommst du mit rüber ins Café?«

»Danke, nein«, schüttelte Bobby den Kopf. »Ich gehe lieber nochmals den Text durch.«

Hagen zuckte mit den Schultern und begleitete Tristan aus der Garderobe. Der *Bischof* eilte durch den Gang in Richtung zweites Frühstück, während Tristan vor Svens Garderobe stehen blieb und klopfte.

»Herein«, rief Sven.

Tristan öffnete die Tür.

»Ah, Tristan, komm rein.« Sven begrüßte herzlich den Detektiv. »Es ist alles so deprimierend, findest du das nicht auch?«

»Ja«, nickte der Detektiv und setzte sich neben Sven, der vor einem großen Spiegel saß und sein Make-up perfektionierte. Tristan sah fasziniert zu, wie Sven die Augenlider mit grauem Rouge bestrich und plötzlich um Jahre gealtert aussah.

»Das hilft, mich abzulenken«, sagte er entschuldigend und legte den feinen Schminkpinsel aus der Hand. »Aber sicherlich bist du nicht gekommen, um von mir ein paar Schminktipps zu erhalten.«

»Da hast du Recht«, nickte Tristan, »obwohl, vielleicht komme ich doch mal auf deine Tipps zurück. Wer weiß, wofür ich sie mal gebrauchen kann.«

»Das ist nett von dir gesagt, aber ehrlich gesagt«, Sven musterte Tristan eindringlich, »aus dir wird kein guter Schauspieler mehr.«

»Oh, das ist hart«, lachte Tristan und fügte ernst hinzu: »So schonungslos direkt können nur junge ehrgeizige Schauspieler sein. Aber seid ihr auch so konsequent, wenn es um euer Leben geht?«

»Sicher«, nickte Sven, »ohne einen latenten Hang zum Masochismus im Leben kann heute keiner mehr ein guter Schauspieler werden. Das erfordert eine konsequente Lebensplanung, und damit meine ich ganz sicher keinen Businessplan fürs Leben. Das halten nur leidensfähige Mitmenschen aus.«

»Kann so ein Menschentyp in der Lage sein einen Mord zu begehen?« fragte Tristan nachdenklich.

»Jeder Mensch ist in der Lage einen Mord zu begehen«, antwortete Sven überzeugt. »Es kommt nur auf die Umstände an.«

»Das ist eine kalte und trostlose Weltansicht«, meinte Tristan.

»Sie ist nüchtern, ja«, nickte Sven, »aber mit Kunst, mit gutem Schauspiel, kann man Licht in das Dunkel bringen. Hast du gewusst, dass die ältesten je gefundenen Kunstwerke über 34.000 Jahre alt sind? Es sind Höhlengemälde von Pferden, Büffeln und anderen Tieren. Sie sind so plastisch und intensiv dargestellt, dass die Finder sie im letzten Jahrhundert zuerst für Fälschungen hielten. Erst die moderne Kohlenstoffanalyse hat ihr wahres Alter bestätigt.

Menschen haben zu allen Zeiten die Magie der Kunst gespürt. Ich behaupte, dass sie diese Magie gesucht haben. Das wirklich Tröstliche daran ist, dass es keine Rolle spielt, ob die Menschen in Fellen gekleidet oder in Armani-Klamotten daherkommen. Keiner kann sich dieser Magie entziehen.«

»Du liebst deinen Beruf«, sagte Tristan.

»Ich wäre froh, wenn mich der Beruf auch ernähren könnte«, grinste Sven weise.

»Sebastian hat diese Leidenschaft den Tod gebracht.« Tristan kramte in seiner Strickjacke und holte eine Pfeife heraus.

»Hier ist Rauchen verboten«, erinnerte Sven.

»Ich weiß«, nickte Tristan und steckte sich die Pfeife in den Mund. »Hilft beim Nachdenken.«

»Du kommst langsam zur Sache, was?!« Ein schwaches Lächeln huschte über Svens Gesicht.

»Ich denke, Tobi sitzt unschuldig im Gefängnis«, sagte Tristan. »Ich kann ihm am besten helfen, wenn ich den wahren Mörder finde.«

»Und wie kann ich dir dabei helfen?« fragte Sven. »Deshalb bist du doch hier, nicht wahr?«

Tristan nickte.

»Also?!«

»Ich suche Verbindungen zu Sebastian. Genauer frage ich mich, wer kannte ihn schon vor seinem Engagement im Arion-Theater?«

»Oh!« Sven wirkte plötzlich müde. »Wir kannten ihn alle.«

9

»Na, was habe ich dir gesagt«, strahlte Pfeiffer, der zufrieden mit den Autoschlüsseln spielte. »Lass uns gleich ins Theater fahren.«

»Es ist erstaunlich«, wunderte sich Holzbaum, »aber der Spruch stimmt.«

»Was für ein Spruch?« Pfeiffer sah seinen Partner neugierig an.

»Na der, wonach auch ein blindes Huhn mal ein Korn findet«, antwortete Holzbaum ruhig.

»Das ist jetzt nicht dein Ernst?« maulte der Hauptkommissar. »Du bist nur beleidigt, weil dir diese Eingebung nicht gekommen ist.«

»Wahrscheinlich, Chef«, nickte der gewichtige Kommissar und folgte Pfeiffer hinaus auf das Parkdeck, wo ihr Dienstwagen stand.

Eine trübe graue Wolkenmasse schwebte über ihnen. Der nächtliche Sturm hatte auch hier etliches Laub und Zweige hingeweht. Zum Glück regnete es im Moment nicht, und so erreichten die beiden Beamten das Auto trockenen Fußes.

»Wir haben sicherlich etwas übersehen«, sagte Holzbaum nachdenklich, während er den Sicherheitsgurt anlegte.

»Keine Ahnung, was du wieder hast«, meinte Pfeiffer und startete den Wagen.

Zur gleichen Zeit im Theater, genauer zwischen den Seilzügen auf dem Schnürboden, balancierte Marlowe über das Gitterrost und langweilte sich. Unten auf der Bühne quälte sich Martin mit dem neuen Text und Charlot war ihm dabei keine so rechte Hilfe. Wanderschmied war nahe dran, sich die Haare vom Kopf zu reißen, besaß jedoch so viel Professionalität und beließ es bei lauten Unmutsäußerungen. Hätte jemand dem Regisseur im dunklen Zuschauerraum in die Augen blicken können, er hätte am Rand der Iris den Wahnsinn herangaloppieren gesehen. Der Regisseur wollte gerade zum wiederholten Male eine Regieanweisung geben, als Tristan hinter der Bühne auftauchte. Tristans plötzliches Erscheinen irritierte Charlot, die bis dahin konsequent hölzern die *Edrita* zum Besten gab.

»Entschuldigt die Störung«, sagte der Detektiv freundlich, »aber ich muss unbedingt mit Martin sprechen.«

»Was soll das!« rief Wanderschmied bösartig, »kann das nicht warten, Tristan?«

»Nein, kann es nicht, Wolferl!« Tristans Stimme donnerte durch den Raum, dass selbst der Regisseur zusammenzuckte. »Kommst du, Martin!«

Der neue *Leon* wechselte einen kurzen Blick zu Wanderschmied, der an den Rand der Bühne trat.

»Okay«, knurrte der Regisseur, »eine Pause tut dir vielleicht gut.«

Tristan verließ die Bühne und ging mit Martin durch den Seitenausgang ins Foyer.

»Was ist so wichtig, dass du die Probe unterbrichst?« fragte Martin angespannt.

»Du kanntest Sebastian schon länger?« fragte der Detektiv.

»Ja«, nickte Martin.

»Ihr wart zusammen auf dem Gymnasium, richtig?«

Martin nickte wieder. »Was sollen die Fragen? Wir waren alle auf demselben Gymnasium. Alisa, Charlot, Sven, Sebastian und ich.«

»Ihr habt nicht den Eindruck gemacht, euch schon länger zu kennen«, sagte Tristan ruhig.

»Dafür gibt es einen Grund«, antwortete Martin. »Wir haben uns schon eine Ewigkeit nicht mehr gesehen.«

»Das allein dürfte euer Verhalten nicht erklären«, erwiderte Tristan scharf. »Ich meine, ihr habt euch so distanziert verhalten, was ist damals passiert?«

»Was soll passiert sein, Tristan?«

»Irgendetwas Schwerwiegendes nehme ich mal an.«

»Nichts, gar nichts ist passiert«, presste Martin kalt heraus.

Eine der Eingangstüren wurde aufgerissen und Pfeiffer stürmte mit Holzbaum ins Foyer.

»Na, da haben wir ja schon einen von denen«, rief Pfeiffer und eilte auf Martin zu.

»Was ist denn jetzt los?« staunte Tristan.

»Wir haben ein paar Fragen an Herrn Bäcker«, erklärte Holzbaum.

»Nicht nur an ihn«, ergänzte Pfeiffer.

10

»Also«, sagte Alisa betont langsam, »wenn du meinen Vater spielst, musst du als Graf absolut auftreten. Verstehst du, du hast die Macht über Leben und Tod.«

Die beiden standen in einer der leeren Garderoben und probten einen Dialog zwischen *Edrita* und Graf *Kattwald*. Die zierliche Alisa wirkte neben dem Zwei-Meter-Mann noch zerbrechlicher. Einzig ihre feurige Leidenschaft für das Schauspiel ließ ahnen, dass körperliche Attribute nicht unbedingt für die Größe eines Menschen standen.

»Ein beunruhigendes Gefühl«, antwortete Erich schockiert und senkte das Textbuch.

»Ja, das sieht man deinem Spiel an«, meinte Alisa freundlich, aber bestimmt. »Du musst das abschütteln, sonst wird dir niemand die Rolle als Graf *Kattwald* abkaufen und man wird einen Diakon in Kostüm sehen.«

»Eine ziemlich lächerliche Figur würde ich dann abgeben, was?«

»Oh ja, eine ziemlich große lächerliche Figur«, grinste Alisa aufmunternd.

»Hätte nicht gedacht, dass dies so schwer sein würde«, sagte Erich.

»Es wird schwer, wenn man einen Charakter oder eine Figur spielen muss, die mit einem selbst nichts gemein hat«, erklärte sie. »Also los, fangen wir noch mal an.«

Erich nickte und las schnell noch mal die ersten Zeilen seines Textes.

Alisa ging einige Schritte zurück, um gleich darauf wieder auf Erich, alias Graf *Kattwald,* zuzugehen: »*Was ist denn hier für Lärm?*«

»*Pst, pst! Der neue Koch*«, antwortete Erich als *Kattwald.*

»*Für den Ihr so viel Geld -?*«

»*Ja wohl. Sei still! Er weist uns noch beide vor die Tür*«, befahl *Kattwald.*

Doch in Erichs Stimme fehlte noch der rechte Befehlston, aber Alisa sah darüber hinweg und sagte als *Edrita*: »*Doch wer erlaubt ihm, so zu lärmen?*«

»*Ein Künstler, Kind! Ein großer Mann, dem's rappelt. Man muss das Volk wohl dulden, will man's*

brauchen. Ich schleiche fort; bleib du mal da und schau, ob du was absehn kannst. Doch stör ihn nicht. Hörst du? Nur still! Und mittags in der Halle.«
Erich atmete durch und schlug das Buch zu.

»Na, das war doch gar nicht so schlecht«, lobte Alisa, »vielleicht wird aus dem Prediger ja doch noch ein Entertainer.«

»Gott behüt's«, stieß Erich aus.

Es klopfte an der Tür und Charlot betrat die Garderobe.

»Schon fertig?« staunte Alisa.

»Nein«, antwortete Charlot verstört, »Tristan wollte unbedingt Martin sprechen und hat die Probe unterbrochen. Er wurde sehr energisch!«

Alisa blickte zu Erich.

»Wenn Tristan laut wird, dann hat das seinen Grund«, erklärte der Diakon.

»Was will er von Martin?« fragte Alisa.

»Vergangenheit«, antwortete sie kurz.

»Vergangenheit?!« Erich musterte die Zweitbesetzung.

Man musste kein Menschenexperte sein, um zu sehen, dass Charlot nur mit Mühe ihre Fassung behielt.

Alisa schien Charlots Verfassung nicht sonderlich zu stören. Doch Erich spürte, dass sie ebenfalls beunruhigt war.

»Was geht hier vor?« fragte Erich in einem Ton, der dem Grafen *Kattwald* alle Ehre gemacht hätte.

»Nichts, nichts Wichtiges«, log Alisa, doch dieses Mal versagte ihr Schauspieltalent.

»Ihr beiden macht nicht gerade den Eindruck, als wäre Tristans Befragung unwichtig«, sagte Erich sanft.

»Dinge, Geschehnisse aus unserer Vergangenheit«, antwortete Alisa, »mehr kann ich nicht dazu sagen. Entschuldige.«

Sie verließ die Garderobe.

Erich setzte sich und bat Charlot, sich ebenfalls zu setzen.

»Also, was ist so schlimm an dieser Vergangenheit?« fragte Erich leise.

Charlot schüttelte den Kopf und schwieg.

11

»Nun!« Pfeiffer spielte den harten City-Bullen, »was haben Sie uns zu sagen, Herr Bäcker?«

Martin wippte unschlüssig von einem Bein zum anderen, was den Hauptkommissar reizte.

»Jetzt stehen Sie schon still«, bellte er.

»Pfeiffer, nicht den Stasi-Ton, bitte«, mahnte Tristan.

»Nun gut«, nickte der Beamte und starrte Martin an.

»Ich kann Ihnen das nicht sagen«, wimmerte Martin, »ich hab's geschworen.«

»Mann, es geht hier um Mord«, erinnerte Pfeiffer.

Martin nickte.

»Wem haben Sie es geschworen?« fragte Holzbaum freundlich.

»Charlot«, flüsterte Martin.

»Na, dann fragen wir eben Charlot«, grinste Pfeiffer. »Wo finden wir sie?«

»Sie stand eben auf der Bühne«, sagte Tristan.

»Na los, und Sie kommen mit«, befahl Pfeiffer.

Sie eilten zurück in den Theaterraum. Dort fanden sie Wanderschmied, wie er sich mit Sven unterhielt.

»Wir suchen Charlot«, sagte Tristan und blickte auf die leere Bühne.

»Sie ist nach unten gegangen«, antwortete der Intendant.

»Tristan, dein Vogel hält sich immer noch da oben auf«, ergänzte Sven und deutete zum Schnürboden, weit oben über der Bühne.

»Danke, Sven, aber jetzt müssen wir erst mal Charlot sprechen«, erwiderte Tristan.

»Das können wir auch allein«, meinte Pfeiffer sarkastisch. »Suchen Sie Ihren weißen Teufel.«

»Das hätten Sie gern«, grinste Tristan ernst, »ich komme mit Ihnen.«

Tristan führte sie hinunter zu den Garderoben. Unterwegs kam ihnen Alisa entgegen, die schweigend an der Gruppe vorbeiging.

»Was hat sie denn?« fragte Holzbaum den Detektiv.

Tristan zuckte mit den Schultern, während Pfeiffer darauf achtete, dass Martin schön mitkam.

Sie erreichten die Garderoben, und der Hauptkommissar riss eine Tür nach der anderen auf, bis sie schließlich Charlot zusammen mit Erich fanden.

»Da haben wir Sie ja«, triumphierte Pfeiffer.

Charlot blickte zu Tode erschreckt auf.

»Charlot, ich hab mein Versprechen gehalten«, rief Martin.

»Ruhe!« befahl Pfeiffer. »Hallo, Herr Roth, sind Sie jetzt auch unter die Schauspieler geraten?«

»Guten Tag, Herr Pfeiffer«, grüßte Erich zurück, »wir helfen, wo wir können.«

»Schön«, nickte der Hauptkommissar, »dann machen Sie mal Platz. Ich habe einige Fragen an Frau Kaminski oder sollte ich besser sagen, *Frau Bäcker*.«

»Was bedeutet das?« Tristan starrte Martin und dann Charlot an.

»Na, da hab ich mal was herausgefunden, was Ihnen unbekannt ist«, grinste Pfeiffer, als hätte er einen versteckten Honigtopf gefunden.

»Scheint so«, antwortete Tristan ernst, »aber was hat das zu bedeuten?!«

»Das werden die beiden uns jetzt hoffentlich erklären«, schnaufte Pfeiffer und wandte sich an Charlot: »Bitte!«

»Martin ist mein Halbbruder«, begann Charlot leise. »Wir haben dieselbe Mutter. Sie hat sich scheiden lassen und wieder geheiratet. Nach der Schule habe ich den Namen meines Vaters angenommen. Mein Vater ist Justus Kehrers Sohn.«

»Moment mal«, warf Pfeiffer ein. »Dann müssten Sie Kehrer mit Nachname heißen.«

»Wo leben Sie denn«, brummte Erich. »Noch nie was davon gehört, dass Männer den Familiennamen ihrer Frau annehmen können?«

Charlot nickte: »Mein Vater hat auch wieder geheiratet und den Namen meiner Stiefmutter angenommen.«

»Schön, und warum der Namenstausch?« hakte der Hauptkommissar nach.

Charlot quälte diese Frage. Sie sah zu Martin.

»Es ist etwas passiert«, sagte Martin und hielt den Blickkontakt zu seiner Halbschwester. Charlot nickte und Martin erzählte weiter.

»Eine schlimme Geschichte aus der Vergangenheit«, stöhnte Martin. »Wir hatten gerade das Abitur bestanden und eine Fete nach der anderen gefeiert.«

»Wir, das waren Alisa, Sebastian, Sven und ihr beiden?« fragte Tristan.

»Und der Rest unserer Klasse«, sagte Charlot müde. »Auf der letzten Fete ist es dann passiert.«

»Was ist passiert?« Pfeiffer platzte fast vor Ungeduld.

»Sebastian hat mich vergewaltigt!« antwortete Charlot kalt.

»Wir haben ihn angezeigt«, erklärte Martin weiter. »Das Ganze wirbelte eine Menge Dreck auf und die Medien stürzten sich auf die Geschichte. Aber Sebastian kam davon. Es konnte nichts bewiesen werden. Keiner von uns hatte an dem Abend etwas mitbekommen. Alisa gab eine überzeugende Fürsprecherin für Sebastian ab. Sie haben Charlot nicht geglaubt.«

»Deshalb also der Namenstausch«, sagte Tristan.

»Ja! Jeder kannte Charlots Namen, der musste unbedingt geändert werden.« Martin trat zu seiner Stiefschwester und nahm sie in den Arm.

»Und weil er damals davonkam«, sagte Pfeiffer hart, »haben Sie ihn jetzt selbst bestraft!«

»Nein, das habe ich nicht!« schrie Charlot und rannte aus der Garderobe.

Pfeiffer wollte hinter ihr her, doch Tristan hielt ihn am Arm fest und sagte eindringlich: »Lassen Sie das Mädchen. Charlot läuft Ihnen nicht weg.«

4. Die Ermittlungen nahmen ...

Mittwochnachmittag

Die Ermittlungen nahmen eine plötzliche Wendung. Tristan und Erich saßen allein in der Garderobe, in der Erich seinen Text üben sollte, doch da war im Moment nicht dran zu denken. Martin und die beiden Kommissare waren hinausgegangen, um nach Charlot zu sehen.

»Was meinst du?« fragte der Diakon.

»Schlimme Sache«, seufzte Tristan.

»Welche meinst du?« hakte Erich nach.

»Beide«, antwortete der Detektiv. »Pfeiffer hat ein gutes Motiv gefunden, um Charlot zu belasten.«

»Sie war das nicht«, meinte Erich. »Warum sollte sie so lange gewartet haben? Ich meine, die Sache ist jetzt fast zehn Jahre her.«

»Büdenbender wird behaupten, dass Charlot den richtigen Moment abgepasst hat.« Tristan lief ein kalter Schauer über den Rücken.

»Er muss aber auch beweisen, dass Charlot sich mit Schlangen auskennt«, warf Erich ein.

»Das wird nicht schwerfallen«, brummte Tristan. »Mit ein wenig Recherche kann man das nötige Wissen erlangen. Sie wusste, wo sie die Schlangen fand, und sicherlich kann Büdenbender beweisen, dass Charlot mehrmals in Tobis Wohnung war, so wie da die Partys gefeiert werden.«

»Was ist mit dem Bau von dieser Schnappfalle?« Erich streckte seine langen Beine aus.

»Eine schlechte Mausefalle genügt, um so was herzustellen«, antwortete Tristan und stöhnte. »Ich sehe schon, das wird ein Indizienprozess. Bei dem Motiv wird die Hintergrundgeschichte den Ausschlag geben. Das alles spricht gegen Charlot.«

»Dass die sich nicht schon früher an die Gurgel gesprungen sind«, wunderte sich der Kirchenmann.

»Wären sie es mal, dann wirkte die Tat nicht so kaltblütig«, sagte Tristan. »Es fällt schwer, Charlots Beweggründe zu verstehen.«

»Und du hast nichts bemerkt?« staunte Erich.

»Nein, absolut nichts, die verstehen ihr Schauspiel«, schüttelte Tristan den Kopf.

»Was nun?« Erich stand auf.

»Wolferl wird den Verstand verlieren, wenn er hiervon hört«, sagte Tristan und folgte seinem Freund aus der Garderobe.

»Wo hast du eigentlich Marlowe gelassen?« fragte Erich.

»Oh, der erkundet das Theater«, antwortete Tristan.

Sie verließen den Garderobenbereich und gingen zurück auf die Bühne.

Dort war es totenstill. Das Licht war zur Hälfte gedimmt, so dass die schwachen Leuchten ein grauweißes Licht ausstrahlten. Jeder Schritt auf dem harten Bühnenholzboden hallte bedrohlich zurück.

»Wo sind denn alle?« fragte Erich mit Blick ins Parkett und erschrak.

Seine Stimme klang klar und eindringlich durch den Raum, ohne dass er dies beabsichtigt hätte.

»Wow«, flüsterte er, und zum ersten Mal verspürte er ein Kribbeln am ganzen Körper. »Man hört das leiseste Flüstern.«

»Ja«, nickte Tristan und stellte sich neben seinen Freund, »das ist schon beängstigend, wenn man weiß, dass dem Publikum dank der guten Akustik und der guten Sichtverhältnisse nichts verborgen bleibt.«

»Ich glaube, das mit der Rolle des Grafen«, der Diakon hielt inne, »das wird ein wenig zu viel für mich.«

»Wir zählen auf dich, Erich.« Tristan klopfte seinem Freund auf den Rücken.

»Das ist nicht so wie auf einer Kanzel«, antwortete er. »Hier wollen die Menschen unterhalten werden.«

»Du meinst«, der Detektiv grinste, »in der Kirche wollen sie das nicht?«

»Oh, nein! Dort wird Gottes Wort gepredigt«, entrüstete sich Erich.

»Vielleicht täte ein wenig mehr Entertainment auf der Kanzel der Kirche gut«, überlegte Tristan laut. »Ich meine, wenn Jesus übers Wasser läuft, dann betreibt Gottes Sohn da schon eine Menge absolut erstklassiges Entertainment, oder?«

Erich dachte darüber nach.

Natürlich hatte sich Gottes Sohn was dabei gedacht, eine solche Show auf dem See Genezareth durchzuführen. Menschen wollen immer beeindruckt werden.

»Vielleicht ist dieses Theaterstück eine gute Chance, etwas zu lernen«, meinte Erich schließlich und sah sich um. »Oh, das sind aber eine Menge Seile und Winden.«

Der Diakon blickte hinauf zum Schnürboden.

»Jede Wette, dass sich dort Marlowe versteckt«, sagte Tristan.

»So wie der kleine Schnürsenkel liebt«, grinste der Diakon, »wirst du Recht haben.«

»Mal sehen, wie wir da hochkommen«, antwortete der Detektiv und sah sich nach einem Aufgang um.

»Das kann ich dir zeigen«, sagte Erich stolz. »Hagen hat mich rumgeführt.«

»So, das hat er mit mir nicht getan.« Es klang ein wenig beleidigt.

Erich führte Tristan von der Bühne in einen versteckt liegenden Treppenaufgang. Dort trafen sie überraschend auf Bobby Kutscher.

»Hallo, wollt ihr auch auf dem Dach eine rauchen?« fragte der ehemalige Graf *Kattwald* und deutete die Treppe hinauf.

»Nein«, antwortete Tristan, »wir wollen auf den Schnürboden.«

»Was wollt ihr denn da?« Bobby machte ein ernstes Gesicht. »Es ist da oben gefährlich.«

»Ich vermute dort Marlowe«, antwortete Tristan. »Der Kakadu liebt Seile und Schnüre.«

»Gut zum Anknabbern, was?!« lachte Bobby.

»Ja«, nickte der Detektiv.

»Dann komme ich besser mit«, meinte Bobby, »nicht dass wir noch mehr Schauspieler verlieren.«

Bobby ging voraus und sprach Erich auf seine Rolle an.

»Ist eine Menge Text, was du da lernen musst«, sagte er freundlich.

»Ja, das ist es«, nickte Erich, »aber das bekomme ich hin. Auswendiglernen konnte ich schon immer gut.«

»Eine schlimme Sache, das mit Tobi«, plauderte Bobby weiter, während er eine Verbindungstür öffnete. »So, jetzt aufpassen!«

Sie standen am Rand des Schnürbodens und blickten hinunter auf die Bühne.

2

»Charlot ist nicht mehr im Theater«, stellte Pfeiffer verärgert fest.

»Dann ist sie sicherlich nach Hause gefahren«, sagte Martin.

»Okay, dann besuchen wir sie dort«, erwiderte der Hauptkommissar giftig.

»Kann ich mitkommen?« fragte Martin besorgt.

Pfeiffer blickte zu Holzbaum, der kurz nickte.

»Meinetwegen«, brummte der Hauptkommissar. »Aber machen Sie keinen Stress.«

Martin hob die Hände und nickte. »Ich will Charlot nur beruhigen.«

Auf dem Weg nach draußen trafen sie auf Wanderschmied, der verdutzt die drei Männer musterte.

»Was ist denn jetzt schon wieder passiert?« stöhnte er.

»Wir fahnden nach Charlot«, erklärte Holzbaum.

»Weswegen?« schoss es aus Wanderschmied.

»Noch vertraulich«, erwiderte Pfeiffer kurz.

»Oh, nein!« Wanderschmied besaß genügend Fantasie, um sich wegen dieser Antwort eine Menge Probleme vorzustellen.

»Wir informieren Sie«, log Pfeiffer und drängte zum Ausgang.

Martin erklärte den Beamten, wie sie am schnellsten zu Charlots Wohnung fanden und setzte sich in den Fond des Polizeiwagens, der vor dem Theater parkte.

»Wenigstens regnet es mal nicht«, brummte Holzbaum und schnallte sich an. »Das würde ich Ihnen auch empfehlen«, riet er Martin, während Pfeiffer den Wagen startete.

Charlots Wohnung befand sich auf dem Fischbacherberg. Der Hauptkommissar folgte der

Morleystraße, vorbei an der City-Galerie, bis die Morleystraße in die Achenbacher Straße überging. Sie schossen über die Krönchenbrücke den Fischbacherberg hinauf. Die Siedlung lag wie eine kleine Insel vor der Stadt. Früher waren dort die belgischen Streitkräfte stationiert, und so hatte sich die Siedlung am Rande der Stadt entwickelt. Jetzt war es eine ruhige Wohngegend, allerdings etwas weit ab vom Schuss. Man erreichte die Siedlung nur über eine Straße, die in den Berg hinein gebaut war. Pfeiffer genoss die Serpentinen und gab Gas.

»Ohne ein Auto ist man hier am Arsch«, sagte Martin und blickte hinunter auf die Stadt.

Holzbaum nickte und hielt sich fest.

Nach einigen Minuten Rallyefahrt bog Pfeiffer scharf links ab und schließlich erreichten sie die Siedlung.

»Wo jetzt entlang?« fragte der Hauptkommissar.

Martin lotste ihn in die Schweriner Straße am Rande der Siedlung.

Sie hielten vor einem schmucken Familienhaus. Martin sah sich in der Straße nach Charlots Wagen um, fand ihn aber nicht.

»Ich glaube, sie ist nicht hier«, sagte er besorgt und eilte auf den Eingang einer kleinen Einliegerwohnung zu.

Die beiden Beamten folgten dem Schauspieler. Martin zückte einen Schlüsselbund und öffnete die Haustür.

»Sie haben einen Schlüssel?« staunte Pfeiffer.

»Ja, für Notfälle«, antwortete Martin und schüttelte den Kopf. »Sie ist meine Schwester!«

Sie betraten die Wohnung.

»Charlot«, rief Martin, »bist du hier?«

Schnell waren die wenigen Räume durchsucht, doch Charlot befand sich nicht in der Wohnung.

»Na ja, das war wohl nix«, seufzte Pfeiffer und kramte eine Schachtel Zigaretten aus dem Jackett.

Sie standen im Wohnzimmer, das von einer Couch dominiert wurde. Eine große Fensterfont gab den Blick in einen gepflegten Garten frei. In einer Ecke standen ein kleiner Schreibtisch mit Computer und mehrere Bücherregale. Vor der Couch trotzte ein flacher Tisch der Last zahlreicher Bücher. Pfeiffer warf einen Blick darauf und zischte:

»Sieh mal an«, er zog ein Buch aus dem Stapel, »wenn das mal nicht ein guter Beweis ist.«

Er hielt ein dickes Buch in die Luft, auf dem eine angriffslustige Klapperschlange abgelichtet war.

»Hier ist sie nicht«, sagte Holzbaum. »Wir sollten zurück ins Theater fahren.«

»Ganz meiner Meinung«, nickte Pfeiffer und legte das Buch zurück. »Wir lassen die Spurensicherung kommen. Vielleicht finden die ja noch mehr Hinweise.«

»Muss das sein?« fragte Martin bedrückt.

»Ich denke ja!« Pfeiffer zückte sein Handy und rief in der Polizeibehörde an. Nachdem das erledigt war, sagte er: »Wir können Sie nicht hierlassen. Sie müssen wieder mitkommen.«

»Warum? Ich will hier auf Charlot warten«, wehrte sich Martin.

»Und wenn Sie dann allein sind, alle Beweise vernichten!« Pfeiffer lachte böse.

»Wir können warten, bis die Spurensicherung hier ist«, schlug Holzbaum vor. »Vielleicht kommt Charlot in der Zwischenzeit. Das wird keine zehn Minuten dauern.«

Pfeiffer sah sich in dem Raum um, dann nickte er und sagte: »Ich gehe draußen eine rauchen.«

3

»Es ist hier ziemlich dunkel«, stellte Tristan fest und trat vorsichtig auf das Gitterrost, durch das man zahlreiche Kabel und Seile sehen konnte.

»Hier oben verirren sich normalerweise auch keine Leute«, meinte Bobby und ging weiterhin voraus.

»Marlowe!« rief Tristan und blickte an Gegengewichten vorbei in den Raum.

»Hört der Vogel denn wie ein Hund?« staunte Bobby.

»Manchmal«, antwortete Tristan.

Erich brummte.

»Was? Natürlich hört er«, wiederholte Tristan. »Aber Marlowe hat auch seinen eigenen Dickkopf.«

»Wie der Herr, so's Gscherr«, sagte Erich.

»Danke, lieber Freund«, entgegnete Tristan. »Ich ahne langsam, warum ihr beiden so gut klarkommt.«

»Marlowe«, rief jetzt Erich, »ich hab einen Keks!«

Tristan sah seinen Freund erstaunt an.

»Du lügst ja schamlos«, flüsterte Tristan, als hätte er Angst, Marlowe könnte ihn verstehen.

»Eine Notlüge zum Schutz eines bedrohten Lebens ist erlaubt«, antwortete Erich amüsiert.

»Welches bedrohte Leben meinst du denn«, Tristan deutete nach unten, »unseres oder das von Marlowe?«

»Marlowe kann fliegen«, grinste Erich.

Irgendwo vor ihnen in der Dunkelheit klapperte etwas.

»Na siehst du, es funktioniert«, sagte Erich stolz und rief abermals, »ich habe einen Keks für dich.«

»Marlowe wird dir den Finger abbeißen, wenn er keinen Keks bekommt«, warnte Tristan.

Bobby blickte ebenfalls in die Richtung, aus der das Klappern kam und blieb stehen.

»Da vorn fehlen ein paar Gitterböden«, warnte er. »Da wird etwas repariert.«

»Marlowe!« Dieses Mal rief Tristan, und der Ton seiner Stimme ließ keinen Zweifel daran, dass der Detektiv ungehalten war.

Abermals hörten sie Geräusche. Kurz darauf flatterte Marlowe aus der Dunkelheit auf sie zu. Tristan hielt seinen rechten Arm hin und der Kakadu landete sicher darauf.

»Na, da bist du ja wieder«, sagte Tristan liebevoll und kraulte Marlowes Brust.

Der Kakadu sträubte seinen Kamm und brabbelte: »Hoch oben steht er kühn und gerade, / Da sticht's ihn in die linke Wade.«

Auf Tristans Gesicht formte sich schon der Ansatz eines Lächelns, als plötzlich neben ihm ein Gegengewicht herunterfuhr. Erschrocken machte er einen Schritt nach links und stieß gegen das Geländer der Portalbrücke. Marlowe flatterte erneut davon.

»Ist da oben jemand?« hörten sie von unten den Bühnentechniker rufen.

»Ja!« hallte es zurück.

»Wollen Sie uns umbringen?!« rief Bobby wütend.

Marlowe flog zwischen den Seilen zur Bühne hinunter und landete neben dem Bühnenmeister, der verdutzt den zuvor betätigten Hebel aus der Hand nahm.

»Lass uns nach unten gehen«, befahl Tristan, »bevor wir hier noch verletzt werden.«

Sie gingen denselben Weg zurück, über den sie gekommen waren.

Im Treppenhaus verabschiedete sich Bobby: »Nach dem Schreck gehe ich nochmals eine auf dem Dach rauchen. Wir sehen uns später.«

Erich und Tristan standen wenige Augenblicke später auf der Bühne, wo der Bühnenmeister in sicherer Entfernung zu Marlowe Wache hielt. Man sah ihm an, dass er dem Vogel keinen Zentimeter weit traute.

Dieses Mal brauchte Tristan sein Haustier nicht zu rufen. Marlowe flog direkt auf ihn zu und landete sicher auf seiner Schulter.

»Ein friedliches Bild gebt ihr beide ab.« Das sagte nicht der Bühnenmeister, sondern Alisa, die langsam durch den Seiteneingang auf die Bühne zuging.

»Dann kann ich jetzt weiterarbeiten?« fragte unterdessen der Bühnenmeister. Er wirkte ein wenig angefressen.

»Bitte«, nickte Tristan und verließ mit Erich die Bühne.

Alisa wartete auf die beiden und zusammen gingen sie hinaus ins Foyer. Die Schauspielerin hatte ihr Haar zu einem Pferdeschwanz zusammengebunden, der nun einladend hin und her wippte. Das reizte Marlowe. Ohne Vorwarnung hüpfte er von Tristans Schulter und landete mit zwei kurzen Flügelschlägen auf Alisas Schultern. Sie widerstand dem natürlichen Reflex sich wegzubeugen und blieb stehen.

»Was macht er?« fragte sie aufgeregt, wagte es aber nicht, Marlowe anzuschauen.

»Keine Sorge, ich nehm ihn weg.« Tristan hielt Marlowe den Arm hin, doch der Kakadu dachte gar nicht daran, den Platz zu räumen.

»Ist schon gut«, meinte Alisa unsicher. »Er beißt doch nicht?«

»Normalerweise fliegt er nur zu Menschen, die er mag«, antwortete Tristan.

»Das ist doch gut, oder?!«

»Ja«, nickte der Detektiv.

»Er ist schwer«, bemerkte sie und kraulte ihm über die Brust.

Das gefiel Marlowe und er plusterte sich auf: »Dieser Anblick ist für beide / Eine unverhoffte Freude.«

Die drei sahen sich an und lachten.

Sie gingen ein paar Schritte schweigend durch das Foyer, bis Alisa sagte: »Ihr habt mit Charlot geredet.«

»Ja. Sie hat uns ihre Geschichte erzählt«, antwortete Tristan.

»Sebastian hat Charlot nicht vergewaltigt«, sagte Alisa überzeugt. »Sie war in Sebastian verliebt, aber wir waren damals ein Paar. Das hat Charlot nie akzeptieren können.«

»Glaubst du, dass sie Sebastian umgebracht hat?« fragte Erich.

»Ich weiß es nicht«, antwortete Alisa zweifelnd. »Sebastian hat damals einen Fehler gemacht.«

»Inwieweit?« hakte Tristan nach.

»Es stimmt, dass die beiden zusammen im Bett landeten«, begann sie zu erzählen, »und ich war tierisch sauer auf Sebastian, das könnt ihr mir glauben. Aber wir haben damals wirklich viel getrunken und leider war ich auch nicht immer die Brave. Dieser Alkohol verwandelt einen ganz schnell in ein triebgesteuertes Tier.«

»Das erklärt, warum du dich nicht getrennt hast«, sagte Tristan nachdenklich. »Meinst du, dass Charlot sich rächen wollte?«

»Nach all den Jahren?« Alisa schüttelte den Kopf. »Sie hat doch mitbekommen, dass ich mich von Sebastian trennte. Nein, sie wollte sich nicht rächen. Ich glaube, sie war immer noch in ihn verliebt.«

4

Pfeiffer atmete erleichtert auf, als endlich die Spurensicherung vor Charlots Wohnung eintraf. Charlot war in der Zwischenzeit nicht aufgetaucht, was den Hauptkommissar immer unruhiger werden ließ, je länger er wartete.

Er zeigte den Kollegen den Weg und zückte dann die Autoschlüssel.

»Dann mal los«, rief er Holzbaum zu.

»Bin gleich da!« antwortete der Kommissar. Holzbaum nahm sich Zeit, um den Kollegen der Spurensicherung ein paar Hintergrundinformationen zu geben. Er stellte ihnen auch Martin vor, der wie angekündigt in der Wohnung weiterhin auf seine Halbschwester warten wollte. Als Holzbaum endlich in den Wagen einstieg, hatte der Motor schon Betriebstemperatur. Mit quietschenden Reifen fuhr Pfeiffer an.

»Chef, ich bin noch nicht angeschnallt«, beschwerte sich Holzbaum, während er in den Sitz gedrückt wurde.

»Sei nicht immer so mädchenhaft«, antwortete Pfeiffer und haute den nächsten Gang rein, dass das Getriebe ächzte.

Keine fünf Minuten später stürmte Pfeiffer wieder ins Theater. Holzbaum, sichtlich angeschlagen von der mörderischen Abfahrt, schlich wenig später ins Foyer, wo sie auf Tristan, Alisa und Erich trafen.

»Haben Sie Charlot gesehen?« fragte Pfeiffer, noch bevor die anderen ihn grüßen konnten.

»Nein, aber warum immer noch so aufgeregt?« Tristan kannte den Hauptkommissar gut genug, um zu sehen, dass seine Hektik weit über dem Grad lag, den er ansonsten an den Tag legte.

»Wir haben Beweise in Charlots Wohnung gefunden, die sie eindeutig belasten«, schnaufte der Hauptkommissar.

»Was für Beweise?« wollte Tristan wissen, während Marlowe, durch Pfeiffers Unruhe angesteckt, wild mit den Flügeln schlug. Das wiederum verunsicherte Alisa, die Marlowes linke Flügelspitze über die Wangen gezogen bekam und erschreckt aufschrie.

»Das Tier ist saugefährlich«, warnte Pfeiffer und deutete auf den Kakadu. »Den lässt man nicht so nah an sich heran.«

Pfeiffers Stimme schien Marlowe zu erkennen. Er hörte sofort mit dem Flügelschlag auf, sträubte seinen Kamm und gab einen lauten Vogelschrei zum Besten.

Der Schrei ließ alle innehalten und so kehrte ein wenig Ruhe ein. Tristan wiederholte seine Frage und Pfeiffer antwortete: »Wir haben Schlangenbücher und diverse Bastelbücher gefunden.«

»Das ist nicht gut«, meinte Tristan und nahm Marlowe von Alisas Schulter.

»Wo kann sie sich verstecken?« fragte Pfeiffer Alisa.

»Keine Ahnung«, antwortete sie.

»Ich meine hier im Theater«, konkretisierte Pfeiffer seine Frage.

»Da gibt es eine Menge Verstecke«, überlegte Alisa. »Aber warum sollte sie sich hier verstecken? Ich meine, was soll das?«

»Wenn wir sie gefunden haben, dann fragen wir sie«, antwortete Pfeiffer schnippisch. »Also, wo fangen wir mit der Suche an?«

In der Tat befand sich Charlot im Theater, bloß dass sie sich nicht versteckte. Sie wollte nach dem aufwühlenden Gespräch einfach allein sein. Der beste Ort dafür befand sich weit oben im Theater in einer Nische, die nur über die Portalbrücke und den Schnürboden zu erreichen war. Sie machte sich Vorwürfe. Vielleicht war es ein Fehler gewesen, seinen Gefühlen nachzugeben. Zudem hatte sie nie vorgehabt, Sebastian etwas anzutun. Sie hatte darauf gehofft, noch mal von vorne anfangen zu können. Doch der ganze Plan war gründlich daneben gegangen. Viel schlimmer noch, jetzt wurde sie selbst verdächtigt.

Zum Glück war der Kakadu endlich verschwunden, so konnte sie sicher sein, dass man sie nicht gleich finden würde. Es blieb ein wenig Zeit, sich nochmals alles durch den Kopf gehen zu lassen. Dieses Mal blieb sie sich treu. Es sollte keine Bauchentscheidung mehr ihr Handeln lenken.

Im Theater gingen plötzlich alle Lichter an. Sie hörte, wie Pfeiffer das halbe Ensemble zusammenrief und es zur Suche nach ihr aufforderte. Sehen konnte Charlot nicht, was unter ihr auf der Bühne vor sich ging. Aber die Intensität, mit der der Hauptkommissar seine Befehle erteilte, ließ nichts Gutes ahnen.

Pfeiffer lief einige Meter unter Charlots Versteck zur Höchstform auf. Wanderschmied kapitulierte vor der geballten Energie des Hauptkommissars. In seiner Not griff der Intendant zum Telefon und rief Justus Kehrer an. Schließlich ging es um seine Enkelin. Er verließ die Bühne und verschwand hinter dem Vorhang.

Tristan und Erich bezweifelten zwar, dass die Dringlichkeit, mit der Pfeiffer agierte, notwendig war, sie wollten Charlot aber genauso schnell finden wie der Beamte. Einzig Alisa hielt nichts von der ganzen Suchaktion.

»Sie läuft nicht weg«, sagte sie zum wiederholten Male. »Lasst ihr Zeit!«

Doch weder Pfeiffer noch Holzbaum hörten auf sie.

»Tristan, was ihr hier macht, verschlimmert die Lage vielleicht nur.« Alisas Stimme zitterte. »Ich kenne Charlot, sie stellt sich ihren Problemen. Sie muss nur immer genau darüber nachdenken.«

»Das hätte sie tun sollen, bevor sie den Giftanschlag ausübte«, bellte Pfeiffer zurück. »Wenn Sie nicht helfen wollen, Frau Altenberg, dann stören Sie wenigstens nicht.«

In ihrem Versteck fragte sich Charlot, was Pfeiffer gemeint haben könnte. Plötzlich hörte sie die Tür zur Portalbrücke zuschlagen.

Vielleicht war es jetzt an der Zeit, das Versteck zu verlassen, dachte Charlot.

Schritte hallten durch den Raum. Sie hörte das Klappern der Gitter. Jemand kam näher.

Sie ging nochmals die Fürs und die Widers in Gedanken durch. Schließlich hatte sie sich entschieden. Vorsichtig schlängelte sie sich an Gegengewichten und Seilen vorbei und stand schließlich sichtbar auf dem Schnürboden.

»Ah, da bist du«, sagte ein Kollege.

»Wir müssen reden«, entgegnete Charlot.

»Nein, müssen wir nicht«, antwortete der Kollege kalt.

Dann ging alles furchtbar schnell.

Zwei kräftige Hände packten sie, hebelten sie über das Geländer und ließen los.

Charlot schrie und stürzte.

Tristan zuckte beim ersten Schrei zusammen. Marlowe flog davon. Erich, Alisa und Pfeiffer, die nicht weit von der Bühne standen, erstarrten. Dann schlug Charlot auf den Bühnenboden auf.

»Oh mein Gott!« rief der Detektiv und rannte los.

Wanderschmied konnte nicht glauben, was gerade auf seiner Bühne passierte und ließ das Handy fallen. Erich eilte Tristan hinterher, während Pfeiffer intuitiv sein Handy zückte und den Notarzt verständigte. Alisa wandte sich mit Tränen im Gesicht von der Bühne ab.

5

Der Notarzt konnte nur noch Charlots Tod feststellen. Sie hatte das Genick gebrochen. Tristan und Pfeiffer standen oben auf der Portalbrücke und blickten auf den zugedeckten Leichnam.

»Schrecklich«, meinte Pfeiffer, »das habe ich nicht gewollt.«

»Sie hat alles mithören können, was wir dort unten gesagt haben«, sagte Tristan nachdenklich.

»Aber deshalb in den Tod springen?!« sagte Pfeiffer betroffen.

Tristan schwieg.

»Nun«, Pfeiffer ignorierte das Rauchverbot und zündete sich eine Zigarette an, »das gibt den Ermittlungen eine neue Wendung.«

Das sah Tristan ähnlich.

»Ich verständige Büdenbender«, Pfeiffer blies einen Rauchkringel in die Luft. »Tobi dürfte damit entlastet sein.«

Tristan nickte.

Sein Blick verriet Pfeiffer, dass der Detektiv nachdachte.

»Was denken Sie?« fragte er nach einer kurzen Pause.

»Ich frage mich: warum?« antwortete Tristan.

»Schuldeingeständnis!« Pfeiffer zuckte mit den Schultern. »Sah keinen Ausweg mehr, Kurzschlusshandlung.«

»Alisa meinte, dass sie eher zweimal nachdachte als aus dem Bauch zu reagieren«, entgegnete der Detektiv.

»Sie war völlig durcheinander nach unserem Gespräch«, erinnerte der Hauptkommissar. »Vielleicht ist ihr eine Sicherung durchgebrannt.«

Tristan sah Pfeiffer an und nickte: »Vielleicht.«

»Hier oben ist nichts«, stöhnte Pfeiffer. »Keine Hinweise. Holzbaum war im Treppenhaus. Er hat niemanden hier oben gesehen.«

»Ja!« seufzte der Detektiv. »Trotzdem, irgendetwas stimmt nicht!«

»Ihre grauen Zellen?« versuchte Pfeiffer zu scherzen und klopfte sich mit dem Zeigefinger gegen die Stirn.

»Ja, die haben mich noch nie im Stich gelassen«, erwiderte Tristan.

»Nun denn, hier gibt es nichts mehr für uns zu tun«, sagte Pfeiffer und drückte die Zigarette auf dem Geländer aus. »Kommen Sie?!«

»Nein. Marlowe«, antwortete Tristan. »Er ist hier raufgeflogen. Der arme Kerl dürfte genauso erschrocken sein wie wir. Mal sehen, ob ich ihn finde.«

»Viel Spaß«, meinte der Hauptkommissar und verabschiedete sich.

Tristan blieb einen Moment am Geländer stehen und beobachtete, wie Charlots Leichnam weggetragen wurde. Nichts war jetzt mehr von dem schrecklichen Ereignis zu sehen. Sie hatte nicht geblutet und der Sturz hatte auf dem harten Bühnenboden keine Spur hinterlassen.

Traurig atmete Tristan einmal tief durch, dann machte er sich auf die Suche nach Marlowe.

6

Wanderschmied saß hinter seinem Schreibtisch und versuchte sich irgendwie abzulenken. Momentan gab es eindeutig zu viel *Aktion* in seinem Theater. Ungeachtet der Tragödie war er dennoch froh, dass es dieses Mal nur die Zweitbesetzung erwischt hatte. Gar nicht auszudenken wäre es gewesen, wenn er auch noch die weibliche Hauptrolle verloren hätte. Das lokale Radio brachte bereits die Nachricht vom zweiten tödlichen Unfall im Theater und sprach von einem Fluch, der auf dem Stück läge. Purer Unsinn, aber eine prima Publicity.

Viel schlimmer traf es Justus Kehrer, der mit Verdacht auf einen Herzinfarkt ins Krankenhaus eingeliefert wurde, nachdem man ihm die schrecklichen Ereignisse erzählt hatte. Wanderschmied war sich durchaus bewusst, dass er nicht einfach zur Tagesordnung übergehen konnte, ohne als kaltherziger Mensch abgestempelt zu werden. Also musste er sich einen Weg suchen, um die Proben dennoch fortzusetzen.

Es klopfte an seiner Bürotür.

»Herein!« rief er.

Alisa trat ein und hielt ein Päckchen voller Kleinkram in den Händen.

»Das gehörte Charlot«, sagte sie bedrückt. »Sicher will die Polizei da noch einen Blick drauf werfen. Würdest du das an dich nehmen?«

»Sicher«, nickte Wanderschmied, »leg es drüben auf den Besprechungstisch.«

Alisa legte die Sachen dort ab und wandte sich wieder dem Intendanten zu.

»Ja«, fragte Wanderschmied, »was gibt es noch?«

»Wir fragen uns«, begann Alisa, »ob das Stück noch gespielt wird?«

Wanderschmieds Gehirn brauchte einen Augenblick, um dem Gesagten eine Bedeutung zu geben. Der Gedanke an eine Absage war ihm so fremd wie der Wunsch, Sodomie zu betreiben.

»Wie kommst du denn auf die Idee?!« entsetzte er sich.

»Wir dachten, wegen der beiden Todesfälle«, antwortete Alisa leise.

»Das erste Gebot im Showgeschäft lautet, dass die Show immer weitergeht«, schnaufte der Intendant. »Sollten plötzlich alle bereits verkauften Karten zurückgegeben werden, was ich nicht glaube, dann könnte man darüber nachdenken, das Stück abzusetzen. Aber ehrlich gesagt denke ich, dass wir noch zusätzliche Auftritte einplanen sollten.«

»Wäre das nicht irgendwie – wie soll ich sagen – pietätlos?« gab Alisa zu bedenken.

»Die Achtung vor den Toten«, erwiderte Wanderschmied überzeugt, »wird nicht verletzt, wenn wir genau das fortführen, was ihnen selbst am Herzen lag.«

»Man könnte es uns trotzdem vorwerfen!«

»Darüber habe ich auch schon nachgedacht«, log Wanderschmied schamlos, und plötzlich hatte er eine grandiose Idee. »Aber als Zeichen unseres Verlustes, unserer Trauer, werden wir an jedes Kostüm eine kleine schwarze Schleife anbringen, so wie die rote Schleife gegen AIDS. Was hältst du davon?«

»Das ist eine gute Idee«, nickte Alisa, die ein wirkliches Problem damit gehabt hätte, ohne eine Trauerbekundung eine Komödie zu spielen.

»Das Leben«, fuhr Wanderschmied fort, »spiegelt sich auf den Theaterbühnen dieser Welt wider. Trauer und Freude liegen oft nah beieinander, im Leben wie auf der Bühne. Wenn wir es schaffen, trotz unseres Verlustes Freude bei den Zuschauern zu erzeugen, dann erfüllen wir genau den Zweck, dem dieses Theater dient.«

Alisa nickte.

»Ein Gutes hat der tragische Selbstmord allerdings«, fügte Wanderschmied noch hinzu. »Ich glaube kaum, dass dieser schreckliche Staatsanwalt seinen Neffen in der Zelle sitzen lässt. Wir bekommen unseren *Leon* zurück und damit unsere alte Besetzung.«

Daran hatte Alisa noch gar nicht gedacht, aber der Gedanke, wieder mit Tobi spielen zu können, ließ den Kummer ein wenig schwächer werden.

»Würdest du dem Diakon erklären, dass er nicht mehr zu spielen braucht?« bat Wanderschmied, dem der Gedanke Angst machte, vor den Zwei-Meter-Mann zu treten.

»Erich wird das verstehen«, sagte Alisa. »Ich werde es ihm gleich sagen.«

»Wie, ist er noch im Theater?« staunte Wanderschmied.

»Ja, Tristan und er suchen nach Marlowe«, erklärte Alisa, »Marlowe ist seit Charlots Sturz verschwunden.«

»So, ist er das?!« Wanderschmied machte sich augenblicklich Sorgen um die Bestuhlung. »Hoffentlich finden sie den Vogel.«

Alisa nickte und verließ das Büro.

Sie ging direkt zurück zur Bühne, wo Erich jede kleinste Nische untersuchte, während Tristan zum wiederholten Male den Schnürboden durchforstete.

»Habt ihr ihn gefunden?« fragte sie den Diakon besorgt.

»Bis jetzt noch nicht«, antwortete Erich und schob eine Kiste beiseite.

»Ich muss dir leider mitteilen«, sprach Alisa freundlich, »dass Tobi bald zurückkommt.«

»Davon habe ich schon gehört«, antwortete Erich und wandte sich der Schauspielerin zu. »Das ist dann wohl das Ende meiner Schauspielkarriere, was?«

Alisa grinste. »Ich glaube, die Kanzel ist deine wahre Bühne.«

»Wahrscheinlich hast du Recht«, nickte der Kirchenmann.

Über ihnen hörten sie Tristan, wie er zum wiederholten Male nach Marlowe rief.

»Bist du sicher, dass er dort oben ist?« fragte Erich.

»Ganz sicher«, antwortete der Detektiv. »Vielleicht kommt ihr hoch und helft mir.«

Wenige Minuten später standen Alisa und Erich neben Tristan.

»Es ist ein komisches Gefühl, hier zu stehen«, meinte die junge Schauspielerin und blickte hinunter auf den Bühnenboden.

»Ja, das ist es«, seufzte Tristan.

Alisa löste sich von dem Anblick und betrachtete das Gewusel an Seilen und Gegengewichten, das den riesigen Raum über der Bühne beherrschte.

»Hier kann er sich ja überall verstecken«, stöhnte sie.

»Ganz besonders dort hinten, wo wir nicht hinkommen«, erklärte Tristan und deutete in die abgedunkelte Ecke des Raumes. »Er ist ein Vogel und könnte auf einem der Gegengewichte sitzen.«

»Wir sollten sie herunterlassen«, schlug Erich vor. »Vielleicht fliegt er dann auf und wir sehen ihn.«

»Ist das nicht zu gefährlich?« fragte Alisa.

Tristan teilte die Sorge und sagte: »Wir gehen nochmals den ganzen Schnürboden entlang, wenn er sich dann immer noch nicht zeigt, werden wir die Gegengewichte ablassen.«

Der Detektiv kannte jetzt fast jedes Gitter, das den Schnürboden bedeckte, so oft war er darübergegangen, aber irgendwo musste sich Marlowe verstecken. Sie bildeten eine lose Kette und fingen an der Tür an. Langsam arbeiteten sie sich durch den Raum. Als sie an der gegenüberliegenden Wand angekommen waren, sah man Tristan an, dass er sich sorgte.

»Wir werden ihn schon finden«, sagte Erich aufmunternd.

Sie blieben einen Augenblick schweigend stehen. Alisa hörte es als Erste. Ein leises Watscheln kam aus einer dunklen Nische, die, durch zahlreiche Gegengewichte verdeckt, kaum zu erkennen war.

»Marlowe!« rief Tristan und zwängte sich zwischen die Gewichte. »Hier ist eine Nische!«

Tristan benutzte sein Pfeifenfeuerzeug und die kleine Flamme erhellte den dunklen Raum. Unten auf dem Boden in einer Ecke saß Marlowe und brabbelte: »Heimlich flieht er diesen Ort / Und begibt sich wieder fort.«

7

Tobi Büdenbender sah seinem Onkel glücklich in die Augen. Die Zellentür stand weit offen. Der junge Schauspieler zog sich die Schuhe an.

»Ich habe immer gewusst, dass du zu so etwas Schrecklichem nicht in der Lage bist«, sagte der Staatsanwalt erleichtert.

»Aber wieso Charlot?!« fragte Tobi und band die Schnürsenkel. »Sie war immer so eine Stille.«

»Es heißt nicht umsonst, stille Wasser sind tief«, erwiderte Büdenbender altklug.

Tobi stand auf, warf noch mal einen Blick in die kleine Zelle und sagte: »Von mir aus können wir.«

Der Staatsanwalt klopfte seinem Neffen auf die Schulter.

»Ich fahr dich nach Hause«, bot er an.

»Oh nein, kannst du mich vor dem Theater absetzen?« bat Tobi.

»Kein Problem«, nickte der Staatsanwalt. »Diese junge Schauspielerin Alisa, die muss dich wirklich mögen. Sie hat sich schwer für dich eingesetzt.«

»Das ist gut zu hören«, nickte Tobi verlegen, »können wir jetzt fahren?«

Büdenbender führte Tobi in die Wache, wo er seine persönlichen Gegenstände entgegennahm, die man ihm tags zuvor abgenommen hatte. Nachdem er alles wiedererhalten hatte, verließen sie die Kreispolizeibehörde.

Draußen auf dem Parkdeck wehte ihnen ein kräftiger Wind entgegen. Am Horizont türmten sich grau-schwarze Sturmwolken. Die nächste Front war nur noch wenige Kilometer entfernt.

»Das wird schlimmer werden als gestern Nacht«, prophezeite Büdenbender.

Als der Staatsanwalt den Motor startete, platschten die ersten Regentropfen auf die Windschutzscheibe.

Gemütlich lenkte Büdenbender den Wagen über die Weidenauer Straße in die Innenstadt.

»Und Charlot hat sich wirklich in den Tod gestürzt?!« fragte Tobi zweifelnd.

»Ich sagte dir ja«, erklärte Büdenbender, »Pfeiffer hat eindeutige Beweise in ihrer Wohnung gefunden.«

»Aber sie hat die Schlangen nie anfassen können«, erwiderte Tobi überzeugt. »Sie hat es versucht, aber du hättest sie mal sehen sollen. Ich habe noch nie bei einem Menschen erlebt, dass man Schweißtropfen auf der Stirn wachsen sieht. Bei ihr konnte man zusehen. Das war mehr als eine Phobie.«

»Was kümmert's dich«, schnaufte Büdenbender, »du bist frei und das allein zählt!«

So einfach sah Tobi das nicht, doch er merkte, dass sein Onkel das Thema zu den Akten legen wollte. Er fügte sich, jedenfalls im Moment.

Sie erreichten das Theater. Die Sturmfront kratzte bereits an die Stadtgrenze und ihre Vorboten waren mächtige Regenschauer.

»Willst du noch mit reinkommen?« fragte Tobi, hoffte aber, dass sein Onkel ablehnte.

Büdenbender schien einen Moment nachzudenken, dann sagte er: »Nein, ich muss noch ins Krankenhaus zu Justus Kehrer. Ein unangenehmer Besuch, aber ich wurde von höchster Stelle darum gebeten.«

»Okay«, nickte Tobi und öffnete die Beifahrertür. »Bis bald!«

Im strömenden Regen beeilte er sich ins Theater zu gelangen. Das Foyer war menschenleer, als er hineinstürmte. Selbst die Kartenvorverkaufsstelle fand er verwaist. Er ging zum Nebeneingang und betrat den Theatersaal. Überrascht stellte er fest, dass das Theater hell erleuchtet war. Fast geblendet von der Helligkeit eilte er weiter zur Bühne, wo sich die Hälfte der Theaterbelegschaft aufhielt und nach oben starrte.

»Was ist denn hier los?« fragte er so unbekümmert wie seit Stunden nicht mehr. Er fühlte sich zu Hause.

»Tobi!«, rief Sven überrascht. »Alisa, Tobi ist wieder da!«

Der Hauptdarsteller kletterte auf die Bühne und blickte nach oben.

»Hallo!« rief er.

Oben auf der Portalbrücke erkannte er Wanderschmied, Alisa, einen riesigen, schwarz gekleideten Mann und den Bühnenmeister.

»Komm hoch!« rief ihm Alisa zu, die einen Kakadu auf der Schulter trug.

Tobi ließ sich nicht zweimal bitten und eilte los. Wenige Minuten später stand er neben Alisa und starrte Marlowe ungläubig an.

»Das ist Marlowe, Tristans Haustier«, grinste sie und gab ihm einen zärtlichen Kuss. »Schön, dass du wieder da bist.«

Tobi, von Alisas Begrüßung überwältigt, hätte gern den Kuss erwidert, doch Marlowe ließ ihn nicht aus den Augen und so fragte er schnell: »Was macht ihr hier?«

Er sah sich um und erkannte Tristan, der plötzlich hinter einer Menge Gegengewichte zum Vorschein trat.

»Ah, Tobi«, grüßte der Detektiv, »haben sie dich freigelassen?«

Der Jungschauspieler nickte und musterte Erich.

»Das ist Erich Roth«, stellte Alisa den Diakon vor.

Die beiden gaben sich die Hand.

»Er ist kurzzeitig eingesprungen, aber das erkläre ich dir später«, sprudelte es aus Alisa heraus. »Tristan hat eine versteckte Nische gefunden.«

Marlowe protestierte mit einem kurzen Flügelschlag.

»Oh, Verzeihung«, sie kraulte den Kakadu über die Brust. »Eigentlich hat sie Marlowe gefunden. Jedenfalls nimmt Tristan an, dass sich Charlot dort versteckte, während wir sie suchten.«

Tobi schüttelte den Kopf, das waren zu viele Informationen auf einmal.

»Vielleicht sollten wir Tobi alles von Anfang an erklären«, mischte sich Tristan ein.

Alisa sah ihren Freund an und nickte. »Ja, das ist wohl ratsam.«

»Sollten wir jetzt nicht Pfeiffer benachrichtigen?« meldete sich Wanderschmied zu Wort.

»Noch nicht«, antwortete Tristan. »Ich will mir erst in Ruhe das Ganze nochmals durch den Kopf gehen lassen.«

»Was meint er?« fragte Tobi.

»Charlot hat sich nicht umgebracht«, antwortete Alisa. »Wir glauben, sie wurde ermordet.«

8

Alisa erklärte Tobi, was sich in den letzten 24 Stunden ereignet hatte. Sie saßen eng aneinander geschmiegt auf der einzigen Bank im Café bei einem Kaffee Latte. Draußen peitschte der Wind gegen die großen Frontscheiben. Auf den Glasscheiben lief der Regen herunter, als käme er direkt aus dem Amazonasbecken. Tristan, Erich und Wanderschmied belegten einen Tisch nebenan. Marlowe saß brav auf der Rückenlehne eines Stuhls und zerbröselte geschickt einen Keks, den ihm die freundliche Bedienung gereicht hatte.

»Was willst du jetzt unternehmen?« fragte Wanderschmied und fügte gleich nachdenklich hinzu: »Wenn Charlot wirklich umgebracht wurde, dann war es einer aus dem Theater. Das gefällt mir gar nicht.«

»Das gefällt keinem von uns«, sagte Tristan müde. »Aber ich denke, dass es vorerst besser ist, niemand weiteren einzuweihen.«

»Die gesamte Theaterbelegschaft weiß es«, bemerkte Erich.

»Ich dachte an offizielle Stellen«, erklärte der Detektiv. »Denn dann steht jeder unter Mordverdacht, der nicht Roth, Altenberg oder Irle mit Nachnamen heißt. Die standen nämlich auf der Bühne, als Charlot stürzte.«

»Du verdächtigst auch mich!« staunte Wanderschmied und fand den Gedanken, als Verdächtiger betrachtet zu werden, anregend exotisch.

»Nun, wo warst du, als wir nach Charlot suchten?« fragte Tristan ernst.

»Was?! Ich habe mit Justus telefoniert, hinter dem Vorhang«, grinste Wanderschmied. »Das ist doch ein gutes Alibi.«

»Vielleicht, aber Justus liegt im Krankenhaus. Kann er deinen Anruf wirklich bestätigen?« zweifelte Tristan.

»Du machst jetzt einen Scherz«, sagte Wanderschmied nicht mehr so selbstsicher.

»Keine Angst, wenn du wirklich mit Justus telefoniert hast, lässt sich das anhand der Telefonaufzeichnungen nachweisen. Obwohl, du bist hinter den Vorhang gegangen und hättest Zeit genug gehabt, während des Telefonats auf den Schnürboden zu gehen.«

»Schon gut«, seufzte Wanderschmied, »ich hab es verstanden.«

»Wir haben dort oben keine Spuren gefunden«, sagte der Detektiv, »deshalb kommt jeder in Frage, der nicht auf der Bühne stand.«

»Das sind viele«, meinte der Intendant.

»Und der Mörder würde es wohl nicht freiwillig zugeben«, meinte Erich.

»Nein, ganz sicher nicht«, nickte Tristan, »aber jetzt haben wir zum ersten Mal einen Hinweis.«

»So?!« staunte Wanderschmied.

»Ja, Charlot wurde nicht *einfach so* umgebracht«, erklärte Tristan. »Sie wusste was, und wie Pfeiffer bereits herausgefunden hatte, beschäftigte sie sich mit Schlangen. Ich muss unbedingt in ihre Wohnung.«

»Wie willst du das machen?« fragte der Intendant. »Einbrechen?!«

»Weiß jemand, wo sich Martin aufhält?« rief er in das Café.

»Im Krankenhaus, bei Justus«, rief Hagen Müller, der mit Bobby Kutscher zwei Tische weiter etwas aß.

»Hat jemand seine Nummer?« Tristan sah Wanderschmied an.

»Ja, habe ich«, stöhnte der Regisseur. »Soll ich ihn anrufen?«

»Das wäre nett«, antwortete Tristan und dachte, dass Theater auch ein großer Kindergarten sein kann.

Wolferl erreichte Martin im Krankenhaus und fragte Tristan, was er Martin sagen sollte.

Der Detektiv bat um das Handy. Er erklärte Martin, was er vorhatte und bekam eine Wegbeschreibung zu Charlots Wohnung, dort wollten sie sich treffen. Tristan gab das Handy zurück.

»Was machen wir mit Marlowe?« fragte Erich.

»Wieso wir?« lächelte Tristan. »Ich setz euch zu Hause ab. Helga wartet bestimmt schon.«

Erich schien nicht davon begeistert zu sein.

»Irgendjemand muss ihr von Charlots Tod berichten«, erklärte Tristan leise und sah dabei seinen Freund an. »Es wäre mir ganz recht, wenn du das machen könntest.«

»Okay«, nickte der Diakon. »Aber beim nächsten Mal will ich dabei sein.«

»Versprochen«, antwortete der Detektiv.

Tobi trat vom Nachbartisch zu ihnen.

»Ich habe mitbekommen, was du vorhast«, sagte Tobi ernst. »Ich möchte mitkommen, vielleicht kann ich helfen, wenn es um Schlangen geht.«

Tristan wollte ablehnen, denn ganz legal war die anstehende Durchsuchung nicht, willigte dann aber doch ein. Einen Schlangenexperten konnte er wirklich gebrauchen.

Alisa wirkte unglücklich, sagte jedoch nichts.

Tristan bemerkte ihre Stimmung und fragte: »Alisa, willst du bei mir zu Hause warten? Helga wird ein wenig Ablenkung gut tun.«

»Gerne«, antwortete sie sofort.

»Dann los!« Tristan stand auf.

9

Der Sturm tobte nun über der Stadt. Tristan und Tobi warteten im Auto auf Martin. Der Old-timer, ein Borgward-Cabriolet, stand vor Charlots Wohnung. Die herabfallenden Regentropfen hämmerten auf das alte Stoffdach, dass man kaum sein eigenes Wort verstand.

Tobi erzählte Tristan von Charlots Phobie, Schlangen anzufassen.

»Mein Onkel wollte das gar nicht wissen«, sagte er enttäuscht.

»Es würde Zweifel aufkommen lassen«, erklärte Tristan nüchtern.

»Aber ist es nicht seine Aufgabe, jedem Zweifel nachzugehen?«

»Es könnte dich wieder belasten«, stellte Tristan trocken fest.

»Wie das denn, ich war im Gefängnis, als Charlot starb.«

»Man könnte vermuten, dass du einen Komplizen hast.« Tristan nahm seine Pfeife aus der Strickjacke und begann damit herumzuspielen. Leider hatte er den Tabak zu Hause liegen lassen. »Was für eine Rolle spielte Charlot?« fragte er laut. »Das müssen wir herausbekommen.«

Ein Auto hielt hinter ihnen.

»Martin ist da«, sagte Tristan und stieg aus.

Regen peitschte ihm ins Gesicht. Martin grüßte knapp und eilte zur Wohnungstür. Ein Siegel klebte zwischen Rahmen und Tür. Der Schauspieler zögerte.

»Geht auf meine Kappe«, sagte Tristan und drückte die Tür auf.

Das Siegel zerriss.

»Also, wenn die Spurensicherung etwas gefunden hat«, überlegte Tobi, »dann nehmen die das doch mit, oder?«

»Ja«, nickte Tristan und wartete, bis Martin Licht machte. »Aber ich denke nicht, dass sie so gründlich nachgesehen haben, wie es eigentlich ihr Job sein sollte.«

»Du hast ja eine hohe Meinung von unseren Beamten«, sagte Martin nachdenklich. Er wirkte um Jahre gealtert. Seine Unbekümmertheit versank hinter einem düsteren Blick, in dem hie und da pure Rachegelüste aufflackerten.

»Es tut mir schrecklich leid, was deiner Schwester zugestoßen ist«, sagte Tristan mitfühlend. »Wie ich dir ja bereits am Telefon mitgeteilt habe, denke ich, dass sie vom gleichen Mörder umgebracht wurde, der auch schon Sebastian auf dem Gewissen hat.«

»Wenn ich das Schwein in die Hände kriege«, schnaufte Martin böse, »dann weiß ich nicht, was ich tue.«

Tobi nickte, während Tristan Martin eingehend musterte. Er würde ein Auge auf den jungen Schauspieler haben müssen, bevor er sich sein Leben aus Rache ruinierte.

»Nach was sollen wir suchen?« fragte Tobi und blickte sich in der kleinen Wohnung um.

»Wir suchen etwas, was Charlot mit Schlangen oder einem unserer Schauspielkollegen zusammenbringt«, antwortete Tristan.

»Geht das nicht etwas präziser!« sagte Tobi.

Der Detektiv zuckte mit den Schultern.

»Na schön«, seufzte Tobi und begann sich im Wohnzimmer umzusehen.

»Martin, würdest du im Schlafzimmer nachschauen?« bat Tristan, der ahnte, dass Martin es nicht gerne sehen würde, wenn man in der Wäsche seiner toten Schwester herumstöberte.

Martin nickte und verschwand im Schlafzimmer.

Tristan ging ebenfalls ins Wohnzimmer und sah sich um. Viel zu durchsuchen gab es nicht. Dort, wo der Computer stand, befand sich jetzt ein leerer Platz. Die Polizei hatte den Computer mitgenommen. Er ging zu einem Bücherregal und begann sich die Bücher anzusehen.

»Sie hatte einen ausgezeichneten Lesegeschmack«, stellte Tristan fest.

Er wandte sich vom Regal ab und sah wieder in den Raum. Tobi öffnete ein Sideboard und fand einige Fotoalben.

»Könnte interessant sein«, meinte Tobi und setzte sich auf das Sofa.

Tristan betrachtete den kleinen, flachen Sofatisch. So einen Tisch hatte er schon einmal gesehen. Er erinnerte sich nicht wo, aber ihm fiel ein, dass der Tisch eine gut versteckte Schublade besaß. Er beugte sich zum Tisch und strich mit der Hand über den Rand des Tisches.

Tobi sah auf und wunderte sich. »Ist von Ikea, nichts Besonderes.«

Der Detektiv grinste und zog an der Frontseite, die sich komplett nach außen ziehen ließ.

»Oh«, staunte Tobi.

»Nichts Besonderes?!« sagte Tristan und nahm ein Buch aus der Schublade. »Serpentes!« las er laut den Titel des Buches vor.

»Die lateinische Bezeichnung für Schlangen«, erklärte Tobi. »Serpentine leitet sich davon ab. Schlangenlinie.«

»Verstehe«, nickte Tristan und öffnete das Buch.

Eine Quittung fiel heraus. Tristan hob sie auf und legte sie auf den Tisch, dann begann er im Buch zu blättern. »Hier steht eine Menge über Schlangengifte und ihre Wirkung«, sagte er.

Tobi legte das Album weg und stellte sich neben Tristan.

Der Detektiv gab ihm das Buch.

»Das interessiert alle immer am meisten«, meinte Tobi und sah sich das Buch genauer an. »Dabei haben Schlangen so viel mehr zu bieten. Sie haben eine Millionen Jahre alte Entwicklung hinter sich und es gibt mehrere hundert Arten. Sie kommen auf jedem Kontinent der Erde vor. Was nicht für alle Tiere der Erde zutrifft. Im alten Ägypten galt die Apophis-Schlange als Widersacher des Sonnengottes Re. Die Azteken verehrten sie als Gott Quetzalcoatl. Die Christen verteufeln sie als Paradiesschlange. Und hier«, er hatte eine Seite aufgeschlagen, die eine Flagge darstellte. Eine Klapperschlange, die auf dem

Streifenbanner der USA abgebildet war. »Das ist der *First U.S. Navy Jack*, noch ohne die Sterne. – Für ein wirbelloses Tier trägt sie eine Menge Mythologie auf ihren nicht vorhandenen Schultern.«

»Wie Pfeiffer sagte, fand er noch mehr Schlangenbücher«, Tristan sah sich um, »die hat er wohl mitgenommen.«

Tristan legte das Buch zurück in die Schublade.

»Weshalb besaß Charlot diese Bücher, wenn sie die Viecher nicht ausstehen konnte?« fragte Tristan.

»Keine Ahnung«, antwortete Tobi.

Martin kam aus dem Schlafzimmer zurück. Er wischte sich die Augen trocken und meinte: »Nichts Hilfreiches gefunden.«

»Wir auch nicht«, brummte Tobi. »Außer dem Fotoalbum dort.«

Martin sah es und nahm es mit zitternden Händen hoch.

»Das nehme ich mit«, sagte er.

Tristan nickte und wandte sich nochmals dem Bücherregal zu. Doch da fiel ihm nichts Auffälliges auf. Enttäuscht trat er neben Martin, der begonnen hatte, in dem Album zu blättern. Man sah ihm an, dass er gegen Tränen kämpfte. Tristans Blick streifte über den Sofatisch und fixierte die Quittung. Er nahm sie vorsichtig an einer Ecke in die Hand und fragte: »War Charlot am Montag in Frankfurt?«

»Nein«, antwortete Martin, während er die nächste Seite des Albums umschlug. »Wir hatten Probe.«

»Wie kann sie dann das Schlangenbuch gekauft haben?!« fragte Tristan.

Jetzt sah Martin zu ihm auf, und auch Tobi starrte ihn überrascht an.

Der Detektiv zeigte ihnen die Quittung, auf der deutlich die Adresse einer Buchhandlung in Frankfurt geschrieben stand.

10

Helga freute sich über Alisas Besuch. Nachdem Erich sich noch um Kirchenangelegenheiten kümmern musste, war er gegangen. Die junge Schauspielerin half Helga in der Küche. Tristans Freundin experimentierte an einem neuen Kochrezept, das sie in ihrer Pension auf der Ginsberger Heide nahe Lützel in den Wintermonaten anbieten wollte. Nach einigen Fehlversuchen, die grausig schmeckten, fanden sie schließlich die richtige Mischung an Gewürzen und Zutaten. Marlowe beobachtete die beiden Frauen von seiner Kletterstange aus und bekam ab und zu einen Keks gereicht. Das hielt den neugierigen Vogel aus der Küche, was angesichts des ohnehin schon mächtigen Durcheinanders auch gut war.

»Was die wohl in Charlots Wohnung finden werden?« fragte plötzlich Alisa, die tapfer dieses Thema bis jetzt nicht angesprochen hatte.

»Keine Ahnung, was Tristan dort erwartet«, antwortete Helga und begann die Spülmaschine einzuräumen. »Aber er ist in all den Jahren noch nie von seinen grauen Zellen getäuscht worden.«

Alisa sah Helga skeptisch an. »Wie habt ihr euch eigentlich kennengelernt?«

»Durch einen Mord«, antwortete Helga und merkte erst jetzt, dass diese Antwort zweideutig verstanden werden konnte. »Nicht ich habe einen umgebracht, es geschah während KulturPur. Tristan wohnte bei mir und dann ist es geschehen.«

»Schön für euch«, meinte Alisa. »Wollt ihr nicht heiraten?«

Helga legte eine schwere Schüssel aus der Hand und sah Alisa an. Schließlich sagte sie etwas bissig: »Dazu muss er mich wohl erst einmal fragen.«

»Oh, ich wollte nicht indiskret sein«, entschuldigte sie sich.

»Nein, Alisa, das warst du nicht«, erklärte Helga freundlich, »Tristan ist in der Hinsicht etwas empfindlich. Er mag seine Freiheit.«

»Dass Erich das duldet«, wunderte sich Alisa. »Ich meine, ihr lebt in Sünde, und er als katholischer Priester ...«

»Oh, Erich ist durch und durch katholisch«, grinste Helga, »aber irgendwie deckt sich dieses

Katholische nicht immer mit dem, was sein Chef in Rom so erwartet. Muss wohl an der langen Missionsreise durch Schwarzafrika liegen. Ich denke, wenn man immer nur in weichen Betten, geheizten oder klimatisierten Räumen über Glauben philosophiert, statt sich auf die Ebene menschlicher Niederungen zu begeben, dann versteht man Gottes Wort wohl etwas anders. Wie Tristan immer sagt: Nur gut, dass es Martin Luther gab.«

»Ich habe mir eigentlich noch nie so richtig Gedanken über den Glauben gemacht«, gestand Alisa. »Dabei würde ich gerne mal die Jungfrau von Orleans spielen.«

»Was hat das eine mit dem anderen zu tun?« wunderte sich Helga.

»Ich kann einen Charakter nur dann richtig spielen«, erklärte Alisa und füllte den Besteckkasten der Spülmaschine, »wenn ich nachempfinden kann, wie sich die Figur fühlte, was sie dachte und wie sie es wohl ausdrücken würde.«

»Dann müsstest du wie im Falle Jeanne d'Arcs eine Erleuchtung haben«, meinte Helga und lachte. »Ich könnte mir gut vorstellen, dass dir die Männer in den Kampf folgen würden.«

»Ich weiß«, grinste Alisa verschwörerisch, »die Männer stehen auf mich.«

Marlowe flatterte plötzlich mit den Flügeln und krächzte. Helga sah aus dem Fenster und sagte: »Die Männer sind zurückgekommen.«

Wenige Minuten später saßen sie zusammen im Wohnzimmer und Tristan berichtete ihnen, was sie gefunden hatten.

»Wenn das Buch in Frankfurt gekauft wurde«, sagte Alisa nachdenklich, »dann heißt das, dass du eine Spur gefunden hast.«

»Ja, das heißt es«, nickte Tristan und stopfte sich eine Pfeife.

»Das ist gut«, sagte Helga.

»Nicht für den Mörder«, meinte Tobi.

»Willst du die Polizei verständigen?« fragte Alisa. »Dieser Pfeiffer sollte es doch wissen.«

»Im Moment noch nicht«, antwortete Tristan und blies blaue Kringel in die Luft. »Jetzt heißt es erst einmal einige Hausaufgaben zu machen.«

»Hausaufgaben?!« wunderte sich Alisa.

»Ja«, Tristan stand auf und ging zum Kamin. »Wir haben bis jetzt doch nur Mosaiksteine«, erklärte er und begann einige Holzscheite in den Kamin zu stapeln. »Was ist das Motiv dieser Taten? Darauf haben wir keine Antwort. Momentan tappen wir blind durch die Dunkelheit.« Er zündete einige Reisigstücke an und legte sie zwischen die Holzscheite. Dann setzte er sich wieder. »Dieser Dunkelheit müssen wir ein wenig Licht entgegensetzen.«

»Und wie willst du das machen?« fragte Alisa.

»Indem ich anfange«, schmunzelte Tristan, »meine Hausaufgaben zu machen.«

5. Tristan machte ...

Donnerstagvormittag

Tristan machte seine Hausaufgaben. Als er am frühen Morgen jedoch die beschriebenen Blätter ansah, keimte Zweifel in ihm auf. War das alles, was er bis jetzt zusammengetragen hatte?

Noch müde saß er am Esstisch im Wohnzimmer und wirkte unglücklich.

Helga stand in der Küche und füllte die Kaffeemaschine.

»Was hast du?« fragte sie. »Gestern Abend klangst du so zuversichtlich.«

»Ja, das war gestern Abend«, stöhnte der Detektiv. »Ich weiß nicht, irgendwie ist das alles hier Wischiwaschi.« Er gab dem Papier einen Schubs, so dass es über den Esstisch hinunter auf den Boden fiel. Das machte Marlowe munter. Er flatterte dem Blatt hinterher und begann es in den Schnabel zu nehmen.

»Wenn du das zulässt«, mahnte Helga, »dann wird das Blatt als Puzzle enden.«

»Ich hab alles im Kopf«, antwortete der Detektiv und ging in die Küche. »Weißt du, es gibt keinen Hinweis auf ein Motiv. Das macht mich wahnsinnig.«

Helga gab ihm einen Kuss. »Setz dich, jetzt wird erst einmal gefrühstückt.«

»Wenn es um Geld ginge«, seufzte Tristan, während Helga ihm eine Tasse hinstellte, »käme ich ja schon weiter. Aber keiner aus der Schauspieltruppe ist wohlhabend.«

»Woher willst du das wissen?« Helga öffnete den Kühlschrank und reichte ihm Marmelade, Wurst und Käse.

»Ich habe mit ihnen einige Zeit verbracht«, antwortete Tristan. »Die jungen Leute jobben nebenher. Sven kellnert, Martin hilft bei Umzügen und Alisa gibt Easy-Dance-Stunden.«

»Was ist Easy-Dance?« fragte Helga und reichte ihm die Butter.

»Irgendeine Fitnessart«, antwortete Tristan. »Hagen und Bobby haben etwas zur Seite gelegt, dennoch trägt Hagen gelegentlich Briefe aus und Bobby hat einen Hausmeisterjob. Also nichts mit Geld.«

»Du hast Tobi vergessen«, stellte Helga fest und nahm die Kaffeekanne aus der Maschine.

»So wie es aussieht, unterstützt ihn unser lieber Staatsanwalt«, murmelte Tristan. »Nein, um Geld oder Habgier geht es in diesem Fall ganz sicher nicht. Da ist nichts zu holen!«

»Was ist mit Eifersucht?« Helga setzte sich zu ihm an den Tisch.

»Das hatten wir ja schon.« Tristan schüttete sich die Tasse mit Kaffee voll.

»Muss ja nicht bedeuten, dass es nicht doch um Eifersucht geht«, erwiderte Helga.

»Charlot hätte wohl kaum den Mann umgebracht, den sie liebt«, antwortete Tristan trotzig.

»Oh, du erstaunst mich«, lächelte Helga, »wir Frauen können nachtragend sein.«

»Vielleicht«, brummte Tristan, »aber wer hätte *dann* einen Grund, Charlot umzubringen? Nein, ich denke, Charlot war ein Werkzeug, das nicht mehr gebraucht wurde. Oder sie hat etwas gesehen, das dem Mörder gefährlich werden konnte.«

»Was wäre, wenn Sebastian gar nicht das Opfer sein sollte?« Helga begann sich ein Brot zu schmieren.

Tristan sah seine Freundin verblüfft an.

»Wie kommst du denn darauf?« schoss es aus ihm heraus. Seine grauen Zellen begannen den Gedanken weiterzuverfolgen.

»Nur so«, sie zuckte mit den Schultern. »Diese Falle lag doch in *Edritas* Korb.«

»Ja«, nickte Tristan.

»Also könnte jede Figur, die im Stück in den Korb greifen musste, das mögliche Opfer gewesen sein«, folgerte sie nüchtern.

»Ja, da ist was dran«, überlegte der Detektiv.

»Wer außer *Leon* und *Edrita* hat noch mit dem Korb etwas zu schaffen?« hakte sie nach.

»Soweit ich mich erinnere, niemand«, antwortete Tristan, dessen Kaffee langsam in seiner Tasse kalt wurde.

»Dann hätten genauso gut Tobi oder Alisa die Opfer sein können«, stellte Helga fest.

»Oder Charlot«, meinte Tristan, »die dann beim zweiten Versuch starb.«

»Wohl weniger! Denk an das Schlangenbuch«, erinnerte Helga.

»Eine falsche Fährte, die man uns untergeschoben hat.« Tristan nahm seinen ersten Schluck Kaffee. »Das würde die Quittung erklären. Sie hat das Buch nicht gekauft.«

»Dann müsste der Mörder die Bücher aber schnell in Charlots Wohnung geschafft haben«, überlegte Helga. »Wäre das möglich?«

»Ich sollte mich noch mal hinsetzen und meine Hausaufgaben richtig machen«, sagte Tristan und griff zu einer Brotscheibe.

2

Pfeiffer fühlte sich nicht wohl. Irgendetwas quälte den Hauptkommissar, aber er konnte nicht sagen, was das war. Noch nie hatte er einen Fall binnen zweier Tage aufklären können. Eigentlich sollte sich das großartig anfühlen, aber es tat es nicht.

Zusammen mit Holzbaum war er in Siegen geblieben, saß nun in seinem Büro und starrte auf den kleinen Spielcomputer. Auch der machte ihm keine Freude.

Holzbaum bearbeitete irgendwelche Papiere.

»Das ging alles ganz schön schnell«, überlegte Pfeiffer, ohne Holzbaum anzusehen.

»Ja, Glück gehabt«, antwortete Holzbaum, während er einige Blätter zusammentackerte.

»Wann hatten wir schon mal Glück?!« erwiderte Pfeiffer überrascht, fast ängstlich. »Das ging alles viel zu schnell!« wiederholte er.

»Der Staatsanwalt ist zufrieden, was wollen wir mehr«, antwortete Holzbaum uninteressiert.

Pfeiffer ärgerte sich, selbst der liebe Holzbaum verhielt sich heute nicht richtig. Normalerweise wäre es sein Part gewesen, den Gleichgültigen zu spielen. Holzbaum sollte ihm ins Gewissen reden, nicht umgekehrt.

»Wir haben sicher etwas übersehen«, bohrte Pfeiffer weiter.

»Nein, haben wir nicht«, brummte Holzbaum, der mit Eifer ein neues Formular auszufüllen begann.

»Was machst du da eigentlich?« Pfeiffer stand auf.

»Das ist unsere Fahrtkostenabrechnung.« Holzbaum hielt das Formular hoch.

»Hm, du arbeitest nicht mehr an dem Fall«, stöhnte der Hauptkommissar.

»Der Fall ist abgeschlossen! Wie oft muss ich dich da noch dran erinnern?« stöhnte Holzbaum.

»Hat sich Irle eigentlich schon gemeldet?« Der Hauptkommissar steckte sich eine Zigarette in den Mund, ohne sie anzuzünden.

»Nicht dass ich wüsste«, antwortete Holzbaum. »Wie viele Kilometer sind es noch von hier bis zu deiner Wohnung in Hagen?«

»Was?!« Pfeiffer schüttelte den Kopf. »Schreib das rein, was wir beim letzten Mal auch schon angegeben haben.«

Holzbaum stieß einen lauten Seufzer aus und stand auf, trottete zu einem Büroschrank und nahm einen Ordner mit der Bezeichnung „Fahrten“ heraus.

»Irle würde uns doch sicher informieren, wenn er etwas Neues herausgefunden hätte, oder?!«

Holzbaum schüttelte den Kopf. »Chef, das ist Irle, der checkt erst mal alles ab, bevor der zu uns kommt.«

»Ja, du hast Recht, wir gehen normalerweise zu ihm«, knurrte der Hauptkommissar. Dann kam ihm eine Idee. »Vielleicht sollten wir das jetzt auch machen?!«

Über Holzbaums Gesicht huschte ein verstohlenes Lächeln.

»Meinst du das ehrlich?!« staunte der Kommissar und dachte: na endlich!

»Ja, kann doch nichts schaden, mal Hallo zu sagen, oder?!«

»Nein, das kann nicht schaden«, wiederholte Holzbaum und fügte fragend hinzu: »Was wird Büdenbender davon halten?«

»Der Staatsanwalt«, grinste Pfeiffer, »der kann uns mal.«

»Ja, wenn das so ist«, Holzbaum warf den Ordner auf den Schreibtisch, »dann sollten wir gleich losfahren.«

»Na, das ist der Holzbaum, den ich liebe«, freute sich Pfeiffer und griff die Autoschlüssel.

Sie verließen das Büro und eilten zum Fahrstuhl.

»Du weißt, dass du eine Zigarette im Mund hast?« fragte Holzbaum vorsichtig. Es bestand die Gefahr, dass sich Pfeiffer daran verschlucken konnte.

Pfeiffer nickte: »Dieses verfluchte Rauchverbot.«

Die Fahrt in die Innenstadt verlief ereignislos. Die Straßen waren teilweise mit Dreck überspült worden, der den Weg aus den Gärten gefunden hatte. Weit oben sah es auch nicht besser aus. Eine dicke graue Wolkendecke lag über dem Land. Die Sonne konnte man nur erahnen. Es war einer jener Novembertage, an denen der Körper nach UV-Licht gierte und das Gehirn Synapsen so zusammenschaltete, dass Gedanken dabei herauskamen, die Selbstmord für eine gute Idee hielten.

Als sie hinter dem Hof der Marienkirche anhielten, fing es wieder an zu regnen.

»Sein Borgward steht da«, stellte Pfeiffer zufrieden fest. »Er dürfte also zu Hause sein.«

Holzbaum nickte und beeilte sich, zu Tristans Haustür zu gelangen.

Der Detektiv war erstaunt, als er den beiden Beamten die Tür aufmachte.

»Was für eine Überraschung«, sagte er, während aus seiner Pfeife dicke Rauchwolken aufstiegen.

»Nun ja«, druckste der Hauptkommissar. »Wir dachten, wir informieren Sie mal.«

»Worüber?« fragte der Detektiv amüsiert und nahm die Pfeife aus dem Mund.

»Über alles«, schnaufte Pfeiffer. »Dürfen wir reinkommen? Es regnet.«

»Bitte!« Tristan trat zur Seite. »Bin allein, Helga ist eben zur Pension gefahren.«

»Oh, dann gibt es keinen Kaffee?« stöhnte Holzbaum.

»Die Kaffeemaschine kann ich bedienen«, erwiderte Tristan. »Das ist kein Problem.«

»Gut, wirklich gut!« strahlte Holzbaum und trat ein.

Die beiden Polizisten kannten den Weg in die Küche. Als Pfeiffer am Esstisch vorbeikam, sah er, wie Marlowe die Notizen akribisch mit seinem Schnabel zerkleinerte. »Sie arbeiten an einem neuen Fall?«

»Nein, wie kommen Sie darauf?«

»Die Notizen, die Ihr Ungeheuer auffrisst«, antwortete Pfeiffer, als langweilte es ihn.

»Ach, die! Da hab ich mir ein paar Gedanken aufgeschrieben«, lächelte Tristan, der zur Kaffeemaschine ging.

»Gedanken zu was?« hakte Pfeiffer nach und setzte sich auf die Eckbank.

»Zu dem abgeschlossenen Fall«, antwortete Tristan und füllte Wasser in die Maschine.

»Hm«, brummte der Hauptkommissar.

»Und?! Was ist nun wirklich der Grund Ihres Besuches?« Tristan stellte mit einer übertriebenen Geste die Kaffeemaschine an und setzte sich zu den Kommissaren an den Tisch.

»Also, wir haben uns auch Gedanken zu dem Fall gemacht«, begann Pfeiffer und klaubte eine zerbeulte Zigarettenschachtel aus seinem Jackett. »Darf ich?«

»Bitte!« antwortete Tristan. »Und zu welchen Ergebnissen sind Sie bei dieser harten Arbeit gelangt?«

»Ergebnisse?!« staunte der Hauptkommissar. »Es ist eher ein Gefühl, dass etwas nicht in Ordnung ist.« Pfeiffer zündete sich eine Zigarette an.

»Lassen Sie das mal nicht den Staatsanwalt hören«, mahnte Tristan und paffte zwei fette Rauchkringel in die Luft. »Gefühle in Mordfällen machen ihn nervös.«

»Das wissen wir«, nickte der Hauptkommissar, »deshalb dachten wir ja, mal bei Ihnen vorbeizuschauen, um ...«

»... um was?« Tristan sah Pfeiffer in die Augen.

»... um zu hören, wie Sie die Sache sehen«, beendete Holzbaum den Satz.

Es hatte Pfeiffer schon einiges an Überwindung gekostet so weit zu gehen, da wollte Holzbaum seinen Chef nicht noch mehr beanspruchen.

»Das ist interessant«, sagte Tristan. »In der Tat habe ich mir meine Gedanken gemacht.«

Die Kaffeemaschine gab ein leises Röcheln von sich, als die letzten Tropfen Wasser durch den Filter liefen.

Tristan stand auf, nahm drei Kaffeebecher aus dem Schrank, verteilte sie auf dem Tisch und zog anschließend die Kanne aus der Kaffeemaschine heraus.

»Mir ist in der Tat ebenfalls der Gedanke gekommen, dass hier etwas nicht stimmt«, sagte er entschieden, während er die Becher füllte. »Es gab zu viele Ungereimtheiten.«

»So?!« staunte Pfeiffer und nippte an dem Becher. »Welche?«

Tristan erklärte den Kommissaren, was er von Tobi über Charlot erfahren hatte. Die Beamten hörten aufmerksam zu. Der Detektiv gestand das illegale Eindringen in Charlots Wohnung, was Pfeiffer ein verächtliches Schnaufen entlockte. Tristan erwähnte aber nicht den Quittungsfund. Schließlich endete er an dem Punkt, über den er einige Zeit zuvor mit Helga diskutiert hatte.

»Deshalb habe ich mich hingesetzt und einen Anwesenheitsplan entwickelt. Damit wollte ich herausbekommen, wer zu welchem Zeitpunkt im Theater war. Und ganz wichtig, wo er sich aufgehalten hat. Leider habe ich nur einen lückenhaften Plan erstellen können.«

»Und Sie haben ohne zu zögern das Siegel zerstört!« Pfeiffer schüttelte den Kopf und drückte die Zigarette in einem Aschenbecher aus, den ihm

Tristan reichte. »Dafür können Sie ins Gefängnis kommen.«

»Nun ja«, der Detektiv stand auf und ging ins Wohnzimmer, wo er aus der Kommode einen Plastikbeutel nahm. »Das hier dürfte mich wohl vor einem Gefängnisaufenthalt bewahren.«

Er legte ihnen die Quittung auf den Küchentisch.

»Die haben wir in einem Schlangenbuch gefunden, das ihre Leute übersehen haben.«

Pfeiffer und Holzbaum blickten erstaunt auf den Zettel.

»Leider habe ich meine Fingerabdrücke darauf hinterlassen«, entschuldigte sich der Detektiv. »Aber sicherlich finden Sie noch welche, die uns ein Stück weiterbringen könnten.«

Pfeiffer nahm den Beutel an sich und stand auf. »Dann lassen Sie uns mal ins Theater fahren.«

»Wir sollten Erich Bescheid geben«, sagte Tristan und stellte die Kaffeemaschine aus. »Er kann uns bei der Sache helfen.«

Pfeiffers Stirn runzelte sich, dann nickte er. »Wird nicht schaden, diesen Hünen auf unserer Seite zu haben.«

3

Justus Kehrer sah nicht gut aus. Er wirkte um Jahre gealtert, wie er da in seinem Krankenhausbett lag. Wanderschmied stand neben dem Bett und blickte besorgt zu dem Vorsitzenden.

»Die Polizei glaubt, dass meine Enkelin eine Mörderin sei«, hustete Justus. »Das ist grotesk.«

»Reg dich nicht auf«, mahnte der Intendant. »Sie war sicherlich keine Mörderin.«

Der Vorsitzende nickte.

»Wir werden planmäßig eröffnen«, sagte Wanderschmied und hoffte, so etwas zu Justus' Genesung beitragen zu können.

»Leider ohne meine Nichte«, flüsterte Justus deprimiert.

»Wir werden alle eine schwarze Schleife tragen«, sprach Wanderschmied, dem das Gespräch sichtlich schwer fiel. »Zudem werde ich mit diesem Staatsanwalt sprechen.«

»Was soll das bringen?« knurrte Justus. Er war zwar geschwächt, aber er war immer noch ein Löwe, wenn auch ein angeschossener.

»Tristan ist nicht von Charlots Schuld überzeugt«, antwortete Wanderschmied.

»Dieser Detektiv?!«

»Ja! Martin rief heute Morgen bei mir an«, erklärte der Intendant, »danach gibt es einige Ungereimtheiten.«

»Ungereimtheiten?« Justus hatte seine eigene Art, Gespräche zu führen. Einen Aussagesatz mit einer Frage zu torpedieren gehörte dazu.

»Keine Ahnung, was er damit meint«, Wanderschmied gestikulierte mit den Händen, »aber wenn Irle etwas spanisch vorkommt, wie in diesem Fall, dann kann das nur gut sein.«

»Wirklich?« Justus schien nicht überzeugt. »Nicht, dass du zu guter Letzt doch noch das Stück absagen musst.«

»Wie kommst du denn darauf?« erschrak der Intendant.

»Wenn der Mörder noch frei herumläuft«, hustete Justus, »dann wird es wohl einer von deinen Mannen sein. Und so wie ich das sehe, wird eine Rolle dann nicht mehr besetzt sein.«

Oh, mein Gott, dachte Wanderschmied, Justus hatte Recht.

»Danke für deinen Besuch«, flüsterte Justus, »aber lass mich jetzt besser allein.«

»Gut, aber deinen Platz für die Premiere halten wir dir frei«, sagte Wanderschmied mit einem Lächeln.

Justus nickte und schloss die Augen.

Wanderschmied trat leise aus dem Krankenzimmer und griff auf dem Flur zu seinem Handy.

Er tippte über die Schnelltaste eine Nummer ein und wartete.

»Hier Wanderschmied«, sagte er leise ins Handymikrophon. »Wir müssen uns sofort treffen ... Ich schlage den Schlosshof vor ... in einer halben Stunde? .... gut!«

Er beendete das Gespräch und ließ das Handy zurück in die Hosentasche gleiten. Das Krankenhaus, in dem Kehrer Genesung suchte, lag am Fuß des Burgberges, mitten in der Stadt. Wanderschmied war trotz des Regens zu Fuß zum Krankenhaus spaziert und konnte von dort aus über die Kampenstraße zum Marburger Tor und weiter bis zum Schlosspark gehen. Er spannte den Schirm auf und marschierte mit großen Schritten den Berg hinauf, vorbei an einem Teil der alten Stadtmauer. Seine Kondition war erstaunlich gut, so machte es ihm nichts aus, das hohe Tempo beizubehalten, als er die Kreuzung erreichte, wo aus dem Marburger Tor die Marburger Straße wurde. Der Intendant folgte der stetig steigenden Straße weiter, bog schließlich in die Lämmergasse ab und nahm eine weitere Abkürzung durch die Bickenerwende, um auf die Burgstraße zu gelangen. Wanderschmied sah auf die Uhr. Er würde gute zehn Minuten früher am Treffpunkt ankommen, was ihm genügend Zeit gab, nochmals über alles nachdenken zu können.

Mit leicht erhöhtem Pulsschlag durchschritt er das alte Burgtor und betrat den äußeren Hof. Er sah sich kurz um, doch bei dem Regenwetter verirrten sich nur selten Menschen in die Schlossanlage. Nachdenklich spazierte er am ehemaligen Schloss der Fürsten zu Nassau vorbei. Sein Ziel war der „Hexenturm" im Park, dort, wo der Rubensbrunnen stand.

Er kam aus Nordosten und blickte auf eine Trennungsmauer, die den Park in zwei Hälften zerschnitt. Der Brunnen lag hinter der Mauer. Justus' Worte beschäftigten Wanderschmied immer noch, als er durch ein weiteres Tor in die größere Hälfte des Parks trat. Zu seiner Überraschung wartete Martin Bäcker bereits auf ihn.

4

Marlowe balancierte geschickt auf Tristans Schulter, als der Detektiv die Treppenstufen zum Schnürboden zählte. In der Hand hielt Tristan einen Block, auf dem er einen möglichst maßstabgetreuen Grundriss des Theaters gezeichnet hatte. Nachdem er mit Erich, Pfeiffer und Holzbaum ins Theater gefahren war, hatte er endlich eine Lösung gefunden, um die Positionen der Kollegen während der beiden Morde bildlich darzustellen. Doch damit dieser Plan aussagekräftig wurde, musste er so etwas wie einen Zeitatlas erstellen. Dieser Zeitatlas sollte aufzeigen, wie lange man von der Garderobe bis zur Bühne, von der Bühne bis ins Café usw. benötigte. Tristan hatte eine Querschnittszeichnung angefertigt, um damit die unterschiedlichen Etagen des Theaters abzudecken, und er hatte zwei Draufsichten der Bühnenebene und des Schnürbodens gezeichnet. Die Zeichnungen wirkten auf den ersten Blick reichlich verwirrend, aber der Detektiv wusste mit den Ansichten umzugehen.

Während Tristan die Treppe hinauf auf die Portalbrücke ging und den Schnürboden ausmaß, unterhielten sich die beiden Kommissare mit dem Theaterpersonal. Erich half ihnen. Für die Schauspieltruppe war es noch zu früh, die würden später befragt werden. Auch Wanderschmied fehlte noch, aber das alles kam Tristan nur entgegen. So konnte er ungestört seinen Plan umsetzen.

Tristan erreichte die Tür zum Schnürboden.

»Das sieht reichlich grotesk aus«, sprach ihn plötzlich der Bühnenmeister von hinten an.

»Oh, wo kommen Sie denn her?« staunte Tristan und notierte sich schnell die Anzahl der Treppenstufen.

»Vom Dach«, grinste der Bühnenmeister und deutete auf die Wand.

Er roch nach Zigarettenrauch.

»Sie haben geraucht«, stellte Tristan fest.

»Ja, auf dem Dach«, erklärte der Bühnenmeister. »Das neue Rauchergesetz zwingt einen in die Kälte.«

»Könnten Sie mir zeigen, wie man aufs Dach kommt?« fragte Tristan neugierig.

»Wieso wollen Sie das denn wissen?« sträubte sich der Bühnenmeister.

»Könnte wichtig sein«, antwortete Tristan knapp.

»Wofür?« grinste der Bühnenmeister. »Die Morde sind doch aufgeklärt, oder nicht?!«

»Es gibt noch ein paar Ungereimtheiten«, sagte Tristan geduldig.

»Wenn wir da rausgehen«, gab der Bühnenmeister zu bedenken, »fliegt Ihnen der Vogel weg. Was machen Sie denn dann?«

»Oh, Marlowe fliegt nicht weg«, lächelte Tristan. »Ein echtes Sauwetter zum Fliegen.«

Der Bühnenmeister betrachtete Marlowe und nickte dann. »Na, dann folgen Sie mir mal.«

Tristan sah kurz auf seine Armbanduhr und ging dem Bühnenmeister nach. Der junge Mann verschwand hinter einer Ecke, die als solche nicht gleich zu erkennen war. Dort befand sich eine weitere Tür. Sie führte zu einem schmalen Durchgang, den sie entlanggingen. An dessen Ende befand sich wieder eine Tür. Der Bühnenmeister öffnete sie und Tristan blickte auf die dahinfließende Sieg.

»Schönes Plätzchen hier oben«, meinte der Bühnenmeister. »Bloß etwas kalt um diese Jahreszeit.«

Tristan ging die schmale Brüstung entlang und sah sich um.

»Dieser Würfel hinter uns ist der Bühnenüberbau mit all der Mechanik«, erklärte der Bühnenmeister und wunderte sich, dass Marlowe ruhig auf Tristans Schulter sitzen blieb. »Unter unseren Füßen führt der Gang vom Schnürboden an der Wand des Zuschauerraums in die Regieräume. Wenn man der Brüstung bis zu ihrem Ende da vorne folgt, kommt man zu einer Feuerleiter, die auf die Büroetage führt. Dort gibt es dann wieder eine Tür, um ins Gebäude zu gelangen.«

Der Wind pfiff durch Tristans Strickjacke, bis es ihn fröstelte. Der Detektiv prägte sich den Weg ein und sagte: »Hier ist es nicht wirklich angenehm zu rauchen.«

»Man beeilt sich«, antwortete der Bühnenmeister, »sonst holt man sich eine Lungenentzündung. Wobei der Hinweis „Rauchen ist tödlich“ eine ganz neue Bedeutung gewinnt.«

Tristan nickte und ging zurück zur Tür, die ihm der Bühnenmeister aufhielt.

»Sie haben keinen Schlüssel benutzt«, stellte Tristan fest, als sie wieder im Gebäude standen. »Sind die Türen nicht abgeschlossen?«

»Nein, sie fallen wegen des Feuerschutzes zwar selbstständig ins Schloss«, erklärte der Bühnenmeister, »aber hier kommt normalerweise kein Fremder hin. Und von außen an der Fassade hochzuklettern ist auch schwierig, also lassen wir die Türen offen. So kann jeder mal schnell eine rauchen, wenn er will.«

Der Bühnenmeister führte ihn zurück ins Treppenhaus.

»Dann machen Sie mal weiter mit Ihrer Arbeit«, lächelte der Theatermann zweideutig, »was auch immer das sein soll.«

»Danke«, antwortete Tristan und öffnete die Tür zur Portalbrücke.

Als er wieder allein war, nahm er sich ein neues Blatt und zeichnete den gerade erkundeten Weg auf. Irgendwie hatte er das Gefühl, dass dies noch wichtig sein könnte.

Unten auf der Bühne beobachtete Tristan, wie Erich heimlich in einem gelben Reclamheft las.

Der Diakon war eine echte Bereicherung bei den Ermittlungen. Aus irgendeinem Grund vertrauten die Menschen dem Kirchenmann und erzählten freimütig, was Pfeiffer ihnen nur mit vorgehaltener Pistole entlocken konnte.

»Was liest du da?« rief Tristan von der Brücke hinunter.

Erich erschrak und blickte nach oben.

»Oh, Tristan!« Er versuchte ungeschickt, das Reclamheftchen in seiner Hosentasche verschwinden zu lassen. »Nichts Wichtiges«, stotterte er. »Wie kommst du voran?«

5

Wanderschmied und Martin gingen allein durch den Park in Richtung Freilichtbühne.

»Ich weiß nicht, ob es richtig war«, begann der Intendant, »dass wir uns so verhalten haben.«

Martin sah Wolferl an, dass er sich quälte.

»Es war eine Chance«, antwortete Martin traurig, »die einzige, die Charlot hatte, um mit allem endlich abzuschließen.«

»Du glaubst doch nicht etwa«, der Intendant blieb stehen, »dass sie sich umgebracht hat?!«

»Oh Gott, nein. Sie wurde umgebracht«, zischte Martin.

»Wenn Justus herausbekommt, dass ich von eurer Familiengeschichte wusste«, flüsterte Wanderschmied, »dann ist die Hölle nicht heiß genug, um seinem kalten Zorn zu trotzen.«

»Charlot musste mit Sebastian zusammentreffen«, sagte Martin überzeugt. »Und es hat ihr geholfen, auch wenn sie am Anfang gelitten hat. Aber mit jedem Tag, den sie hier mit ihm probte, verschwanden die bösen Geister ein bisschen mehr. Ich habe es gesehen.«

Wanderschmied ging weiter.

»Tobi war ein Geschenk«, sprach Martin weiter. »Charlot hat ihn oft besucht und ihm viel über Alisa erzählt. Sie wollte, dass er sich um Alisa bemühte.«

»Verstehe da einer mal die Frauen«, meinte der Intendant. »Sie half Tobi dabei, Sebastian die Freundin auszuspannen.«

»Wir waren auf dem richtigen Weg«, antwortete Martin, »da bin ich ganz sicher.«

»Wenn bloß nicht dieser Anschlag geschehen wäre«, seufzte Wanderschmied.

»Ja, aber es ist müßig, sich darüber Gedanken zu machen. Wir können es nicht mehr ändern.«

»Was hat Tristan herausbekommen?« fragte Wanderschmied und versuchte so normal zu klingen wie immer.

»Wir haben Charlots Wohnung durchsucht«, lächelte Martin verwegen. »Da haben wir was gefunden, das die Polizei übersehen hat.«

»Ich dachte, so etwas passiert nur im Film«, staunte der Theatermann.

»Tristan ist wirklich gut in dem, was er macht.« Sie erreichten die Freilichtbühne. »Er spürt, wo die Hinweise versteckt sind.«

»Weißt du, was er als Nächstes vorhat?«

»Er wollte ins Theater, um ein paar Dinge zu klären«, antwortete Martin. »Mehr weiß ich auch nicht.«

»Du meinst«, Wanderschmied lief es kalt den Rücken herunter, »dass Irle jetzt im Moment im Theater ist!«

»Ja, das ist doch kein Problem, oder?!«

Doch, das war ein Problem, aber dies wollte der Intendant dem jungen Schauspieler nicht gerade auf die Nase binden.

6

Tristan verließ die Portalbrücke und begab sich auf die Bühne, wo Erich auf ihn wartete.

»Hast du alle Aussagen?« fragte der Detektiv den Diakon.

Erich saß auf einem Hocker und hielt seine rechte Hand in der Hosentasche versteckt.

»Ja, hab ich«, nickte der Zwei-Meter-Mann und kramte ein Blatt Papier aus der anderen Hosentasche. »Bitte!«

Tristan nahm den Zettel entgegen.

»Jetzt fehlen nur noch die Schauspieler«, stellte Erich fest.

»Solange die noch nicht eingetroffen sind, werde ich mal mit der Requisiteurin sprechen.«

Tristan gab Marlowe einen Schubs. »Bleib du bei Erich, er kann Unterhaltung gebrauchen.«

Marlowe flatterte in den Zuschauerraum, flog eine große Kurve und steuerte dann aber wieder Tristan an.

»Will wohl bei dir bleiben«, grinste Erich.

»Sieht so aus«, lächelte Tristan spitzbübisch. »Was liest du denn da?« Er deutete auf seine Hosentasche.«

»Ach, nichts Aufregendes«, meinte Erich ein wenig verlegen.

»Na, dann zeig doch mal!« bat Tristan.

Erich stand auf und baute sich vor seinem Freund auf. »Wenn du schon so neugierig bist«, er zückte das Reclamheftchen. »Ich lese das Stück.«

»Hat dich wohl gepackt«, meinte Tristan und wandte sich dem Bühnenabgang zu.

»Was hat mich gepackt?« Erich gefiel diese Anspielung nicht.

»Das Theaterfieber«, antwortete Tristan mit einem breiten Grinsen. »Bis gleich!«

Der Detektiv eilte durch die Gänge zur Asservatenkammer, wo er Bibi, die Requisiteurin, antraf. Sie hieß eigentlich mit Vornamen Bianca, wurde aber wegen ihrer Fähigkeit, aus ein paar Fetzen Stoff ein Kostüm zu nähen, Bibi, nach der kleinen Hexe Bibi Blocksberg, genannt.

Bibi saß an einem Tisch und flickte gerade eines der vielen Kostüme, die an hohen Ständern den Raum füllten.

»Hallo, Tristan, netter Papagei«, grüßte sie freundlich.

»Kakadu«, korrigierte er.

»Meinetwegen«, brummte Bibi, »ich habe mich schon gefragt, wann du endlich den Weg zu mir findest.«

Das war eine Überraschung für Tristan, und so musterte er die zierliche Frau ganz genau.

»Setz dich«, bat sie unterdessen, »und glotz nicht so.«

Tristan räumte einen Stuhl frei, auf dem sich ein Haufen loser Stoffe in unterschiedlichen Farben befand und setzte sich. Auf seiner Schulter sah sich Marlowe um. Hätte der Kakadu Gefühle ausdrücken können, ein Satz hätte gereicht: Ich bin im Paradies.

»Hatte dich wirklich früher erwartet«, begann Bibi, ohne von ihrer Arbeit abzulassen. »Ich meine, die Falle lag in dem Korb, dafür bin ich zuständig. Da muss man doch denken, dass ihr Detektive dieser Spur zuerst folgt. Aber man kann sich ja irren.«

»Das Schlangengift«, erklärte Tristan, als müsste er sich rechtfertigen, »hat uns, damit meine ich auch die Polizei, ganz schön abgelenkt.«

»Und dann folgte bereits der zweite Mord«, stellte Bibi nüchtern fest, »was dann wieder für eine weitere Ablenkung sorgte.«

»Scharfsinnig erkannt«, nickte Tristan und war gespannt, was ihm Bibi zu sagen hatte.

»Aber jetzt bist du ja hier«, lächelte die Requisiteurin. »Mit deinem Haustier!«

»Ja!« sagte Tristan und spürte, wie Marlowe unruhig hin und her wippte.

»Also, um es gleich klarzustellen«, sie hielt zum ersten Mal mit ihrer Arbeit inne und sah ihn an, »ich habe die Falle nicht in den Korb gelegt.«

»Schade«, scherzte Tristan, »dann wäre der Fall jetzt gelöst.«

Bibi fand das nicht witzig und tadelte: »Es sind Menschen umgekommen, da sollte man keine Scherze treiben.«

Sie begann wieder an den Flicken zu arbeiten. »Ich habe keine Ahnung, wer es gewesen sein könnte.«

»Schade!« wiederholteTristan und kraulte Marlowe über die Brust.

»Ja!« nickte sie, »den Korb hab ich mit Kräutern aus meinem Garten gefüllt. Die Sträuße sind getrocknet und damit länger haltbar. Und wenn du mal drüben in die Ecke schaust, dann wirst du feststellen, dass ich zwei solcher Körbe zusammengestellt habe.«

Tristan blickte an einer Reihe Kostüme vorbei und fand ein Regal, in dem zwei gleiche Körbe standen.

»Sie sind identisch«, sagte sie. »Damit meine ich, auch der Inhalt ist identisch. Überall die gleiche Anzahl der unterschiedlichen Kräutersträuße.«

Sie machte eine Pause und sah von ihrer Arbeit auf.

»Und, was sagt uns das?!« meinte sie nüchtern.

»Wenn du nicht eine weitere Falle in dem zweiten Korb gefunden hast«, dachte Tristan laut, »dann sagt uns das, dass der Mörder die Falle erst kurz vor der Benutzung des Korbs deponiert haben kann.«

»Ich habe keine zweite Falle gefunden«, grinste sie.

7

Pfeiffer und Holzbaum saßen im Theatercafé und tranken einen Espresso. Sie hatten eine Nachricht im Theater hinterlassen, wonach sich die Schauspieler nacheinander bei ihnen melden sollten, sobald sie eintrafen. Holzbaum hatte eine Tabelle angefertigt, in der er Name, Ort und Zeitpunkt notieren konnte. Als Erstes waren Alisa und Tobi bei ihnen vorbeigekommen. Nachdem die beiden Kommissare Alisa ausgiebig danach ausgefragt hatten, an wen sie sich wo erinnern konnte, entließen sie die beiden. Tobi saß zum Zeitpunkt des zweiten Mordes in einer Zelle, was eine Befragung erübrigte, und Alisa befand sich auf der Bühne, als Charlot stürzte. Die beiden waren also nicht gerade verdächtig.

Als Nächster war Hagen im Café eingetrudelt und hatte sich gleich ein Frühstück bestellt. Auch ihn fragten die beiden danach aus, an wen er sich wo zum Zeitpunkt von Charlots Sturz erinnern konnte. Hagens Gedächtnis wies Lücken auf, was zu mehreren Nachfragen führte. Der *Bischof* ließ sich jedoch nicht aus der Ruhe bringen und schien keine Schwierigkeiten damit zu haben, dass er sich hie und da in Widersprüche verwickelte.

»Also meine Herren«, sagte er. »Ich habe kein Navi im Kopf, das sich alle Positionen merkt. Sie müssen schon mit dem vorliebnehmen, was ich Ihnen sage. Auch wenn das manchmal wirr klingt. Ich habe keinen umgebracht.«

»Es würde uns nur helfen«, knirschte der Hauptkommissar, »wenn wir gewisse Positionen bestätigt bekämen.«

»Na, das bekommen Sie ja«, grinste Hagen, »wenn Sie die fragen, die ich gesehen habe oder gesehen haben will. Bestätigen die, dass sie mich gesehen haben, dann habe ich mich ja nicht geirrt, oder?!«

Die platte Logik ließ Pfeiffer fast verzweifeln. Holzbaum beruhigte seinen Chef, und dann entließen sie Hagen, da bereits Sven im Café erschienen war.

»Von Pünktlichkeit halten die wohl nicht viel«, meckerte Pfeiffer leise, »sonst wären alle gleichzeitig eingetroffen. Jetzt können die sich doch absprechen!«

»Wir führen das zu Ende«, meinte Holzbaum stur. »Mal sehen, was dabei herauskommt.«

Sven setzte sich.

»Das ist ja wie in einem schlechten Film«, lästerte er. »Jetzt fehlen nur noch schwer bewaffnete Soldaten.«

»Wie? Soldaten«, Pfeiffer schüttelte den Kopf, »haben Sie Drogen genommen?«

»Nein, sehe ich so bescheuert aus?« wehrte sich Sven. »Kennen Sie nicht den Film „Ausnahmezustand", Mann?«

»Habe ich Zeit fernzusehen?« knurrte der Hauptkommissar. »Also, jetzt zu Ihnen, und konzentrieren Sie sich.«

»Worauf, bitteschön?« Sven grinste herausfordernd.

Dem Hauptkommissar war nicht klar, dass eine natürliche Aversion bei Künstlern entsteht, wenn sie mit der Staatsmacht kooperieren müssen. Dabei spielte es keine Rolle, dass die von Pfeiffer verkörperte Exekutive nach demokratischen Spielregeln agierte. Irgendwie gehörte es sich, gegenüber Polizisten den Lässigen heraushängen zu lassen. Dumm war nur, dass jeder in der Schauspieltruppe wusste, dass die Beamten auf ihrer Seite waren.

»Wir haben nur ein paar Fragen«, sprang Holzbaum ein, »die uns einen Überblick geben sollen, wo Sie sich und wann Sie sich wo im Theater aufgehalten haben.«

»Ach, echt jetzt«, staunte Sven, »Sie gehen nun davon aus, dass es doch kein Selbstmord war?!«

»Ja«, nickte Holzbaum und stellte die erste Frage.

Etwas überrumpelt von Holzbaums Offenheit beantwortete Sven die kommenden Fragen.

Nach wenigen Minuten war die Befragung zu Ende.

»Wie, das war alles?!« fragte Sven. Er schien noch mehr sagen zu wollen.

»Ja, für Sie«, brummte Pfeiffer, »wir werden später alles überprüfen.«

»Wie überprüfen?« Sven wurde neugierig.

»Na, wenn Sie sagen, Sie haben Alisa gesehen«, stöhnte Pfeiffer, »dann wird Alisa Sie ja auch gesehen haben, oder?«

»Und wenn nicht?« Sven machte große Augen, als wäre er überrascht worden.

»Dann verhaften wir Sie, weil Sie gelogen haben«, zischte der Hauptkommissar, dem langsam klar wurde, dass Sven hier eine Show abzog. Bloß mochte Pfeiffer es überhaupt nicht, Zuschauer und Opfer dieser Performance zu sein.

»Ist ja schon gut«, sagte Sven entschuldigend, »wann hat man schon mal die Chance, einen Verdächtigen zu spielen?«

»Mann, scheren Sie sich auf die Bühne«, knirschte der Hauptkommissar.

Sven grinste und verabschiedete sich.

»Hast du Töne!« fluchte Pfeiffer. »Haben die jungen Leute denn heute keinen Respekt mehr!«

»Wer fehlt denn jetzt noch?« fragte Holzbaum, um seinen Chef abzulenken, bevor er sich in einem moralischen Monolog verfing.

»Wanderschmied, Bäcker und Kutscher«, las Pfeiffer von einem Zettel, der auf dem Tisch lag.

»Schön«, nickte Holzbaum. »Da kommen gerade der Intendant und Charlots Stiefbruder.«

8

Das ist interessant, dachte Tristan, als er die Asservatenkammer verließ. Der Mörder hatte also die Falle erst am Morgen der Generalprobe platziert. Endlich hatte er einen Hinweis, der ihm den Weg wies. Marlowe ließ den Kopf hängen. Er war im Paradies gewesen mit all den schönen Kleidern und hatte keines davon anknabbern können.

Tristan trug ihn durch den Garderobengang und hörte plötzlich, wie Erich Graf *Kattwald* rezitierte. Er blieb vor der Garderobe stehen, aus der Erichs Stimme drang, und öffnete sie leise. Der Diakon stand vor Tobi und Alisa, die ihm aufmerksam zuhörten.

»Na, was macht ihr denn hier?« störte Tristan.

Marlowe erkannte Alisa und flatterte ihr entgehen.

Alisa hielt ihm automatisch den Arm hin, auf dem Marlowe sicher landete. Tobi staunte nicht schlecht, als Marlowe langsam den Arm hoch auf ihre Schulter kletterte.

»Morgen zusammen«, grüßte der Detektiv. »Du übst noch den *Kattwald*?«

»Du kennst mich doch«, antwortete Erich, »gestern war ich schlecht, das gefiel mir nicht.«

»Wie macht er das«, fragte Tobi unterdessen, »dass er nicht herunterfällt?«

Alisa kraulte Marlowe liebevoll über die Brust.

»Der fühlt sich ganz flauschig an«, sagte Alisa mit einem Unterton, »ganz anders als deine Schlangen.«

»Das glaube ich dir«, nickte Tobi ein wenig beleidigt.

»Habt ihr schon mit Pfeiffer geredet?« wollte Tristan wissen.

»Ja, haben wir«, nickte Alisa.

Tobi beobachtete immer noch Marlowe.

»Erstaunlich, wie ruhig er bleibt«, murmelte er. »Du sagtest doch, er sei gefährlich!«

»Nur bei Menschen, die er nicht mag«, gab Alisa zur Antwort.

Tobi stand auf und betrachtete den Kakadu ganz genau. »Sein Schnabel sieht aber gefährlich aus.«

Marlowe sträubte seinen Kamm: »Zum Kampf gerüstet und ganz nah, / So stehn sie Aug' in Auge da.«

Tobi trat verblüfft einen Schritt zurück.

»Ich sagte dir ja«, lächelte Tristan, »dass er spricht.«

»Unheimlich!« meinte Tobi nur.

»Könnte ich jetzt weitermachen?« fragte Erich etwas pikiert.

»Lass dich nicht abhalten«, antwortete Tristan und nahm Marlowe von Alisas Schulter. »Pfeiffer, wo finde ich ihn?«

»Er hat sich im Café breitgemacht«, antwortete Alisa.

Tristan betrat das Café kurz vor einer emotionalen Kernschmelze. Es war deutlich zu sehen, dass Wanderschmied kurz davor war, Pfeiffer an den Hals zu springen, während Martin den Intendanten und Holzbaum seinen Chef zurückhielten.

»Was ist denn hier los?« fragte Tristan so freundlich, wie es ihm momentan möglich war.

»Dieser Polizist überschreitet eindeutig seine Kompetenz«, zeterte der Intendant los. »Was geht es ihn an, wo ich mich wann befunden habe?!«

»Das ist wichtig, Wolferl«, versuchte der Detektiv zu beruhigen.

»Was ist wichtig daran, dass ich auf der Toilette war!« brüllte er in das Café.

»Ja, vielleicht, wen Sie da getroffen haben«, antwortete Pfeiffer ohne Hintergedanken und löste damit eine unerwartet heftige Reaktion bei Wanderschmied aus.

»Was soll das heißen?« Seine Stimme knallte durch den Raum. Jahrelange Regieanweisungen hatten seine Stimmbänder gestählt. »Was denken Sie eigentlich? Es ist doch egal, wen ich auf der Toilette treffe.«

Tristan war die plötzliche und sehr aggressive Haltung ein Rätsel. Er sah den Hauptkommissar an, der zuckte nur mit den Schultern.

Holzbaum grinste. Er schien verstanden zu haben, warum sich der Intendant so unerwartet verhielt.

»Herr Wanderschmied!« sagte Holzbaum laut. »Jetzt beruhigen Sie sich. Wir wollen doch gar nicht wissen, was Sie auf der Toilette machen.«

»Ich mache nichts auf der Toilette«, fauchte Wanderschmied zurück.

»Sorry«, Holzbaum hob entschuldigend die Hände. »Es reicht uns zu wissen, dass Sie das Örtchen aufgesucht haben.«

»Das war's?!« donnerte Wanderschmied.

»Ja«, nickte Holzbaum, dem momentan weder Tristan noch Pfeiffer ins Wort fallen wollten.

»Sie finden mich in meinem Büro!« zischte der Intendant und lieferte einen wahrlich meisterhaften Abgang.

Martin folgte ihm.

»He«, rief Pfeiffer ihm nach, »wir haben auch noch Fragen an Sie!«

»Lass ihn gehen«, mahnte Holzbaum, »das geht schon in Ordnung.«

»Habe ich diesen Satz nicht schon einmal gehört«, erinnerte sich Pfeiffers Gehirn, »und kurz darauf gab es eine Leiche!«

Tristan setzte sich und sah die beiden Beamten fragend an.

»Ich glaube, Wanderschmied ist sexuell anders gepolt«, äußerte sich Holzbaum leise.

»Was?!« Pfeiffer glotzte seinen Partner offen an.

Selbst Tristan brauchte einen Augenblick, bis ihm seine Gesichtszüge wieder gehorchten.

»Das würde seine Reaktion erklären«, murmelte der Hauptkommissar. »Besonders die Sache mit der Toilette.«

»Leute, seid ihr da nicht etwas zu voreilig?« Tristan hatte Zweifel an dieser Interpretation. »Ich weiß von einer Freundin.«

»So?!« staunte Holzbaum. »Dann hätte er sich nicht so aufführen müssen.«

»Ja, das ist schon ungewöhnlich«, antwortete Tristan nachdenklich. »Aber das klären wir später. Ich habe eine wichtige Neuigkeit.«

Die Beamten hörten dem Detektiv aufmerksam zu, als er ihnen von dem Gespräch mit Bibi, der Requisiteurin, berichtete.

9

Tobi begann sich zu langweilen. Alisa besaß anscheinend eine himmlische Geduld, um Erichs

Vorspielen auszuhalten. Ihm ging es langsam auf die Nerven.

Er nutzte die Gelegenheit einer Sprechpause und fragte: »Macht es euch was aus, wenn ich gehe?«

Erich schüttelte den Kopf.

»Kein Problem«, sagte Alisa und gab Tobi einen leidenschaftlichen Kuss. »Das ist mir wichtig!«

»Verstehe ich«, nickte Tobi, der jetzt gern mit ihr allein gewesen wäre. »Ich gehe meinen eigenen Text noch mal durch.«

»Okay, wir sehen uns dann später«, lächelte Alisa verführerisch.

Tobi verließ die Garderobe und atmete auf dem Gang erst einmal richtig durch, dann ging er in seine eigene Garderobe und suchte das Textbuch, das er in einer Schublade aufbewahrte.

»Ha, hier bist du«, sagte plötzlich Sven, der im Türrahmen erschien.

»Hallo«, grüßte Tobi, »was gibt's?«

»Ich muss dich sprechen.« Sven trat ein und schloss die Tür.

»So geheimnisvoll«, scherzte Tobi.

»Zum Scherzen sollte dir nicht zumute sein«, erwiderte Sven scharf.

Tobi wurde vorsichtig. »Was willst du?«

»Ist dir eigentlich bewusst, dass du jetzt tot sein könntest?« Sven starrte seinen Kollegen leidenschaftslos an. »Ich meine, wenn Wolferl die Generalprobe so abgehalten hätte wie geplant, dann hättest du den *Leon* in dieser Szene gespielt.«

Tobi nickte.

»Du hättest in den Korb gegriffen, nicht wahr!«

»Was soll das?!«

»Nichts, ich habe mir nur gedacht«, antwortete Sven aufgebracht, »warum das noch keiner bemerkt hat.«

»Du hast es«, antwortete Tobi. »Warum bist du damit nicht zu Tristan gegangen?«

»Jetzt kannst du das ja machen«, antwortete Sven beleidigt und verschwand.

»Sind denn jetzt alle verrückt geworden«, schnaufte Tobi und legte das Textbuch zurück. Ihm war jetzt nicht mehr nach Üben.

Er verließ die Garderobe und wollte ins Café. Auf dem Weg dorthin begegnete er Hagen.

»Hast du Sven gesehen?« fragte Tobi.

»Der ist gerade an mir vorbei zur Bühne gegangen«, antwortete Hagen. »Habt ihr euch gestritten?«

»Wieso?« Tobi sah Hagen überrascht an.

»Er wirkte irgendwie aufgebracht«, meinte Hagen.

»Nein, wir haben uns nicht gestritten«, murmelte Tobi und ging weiter.

Für einen kurzen Moment überlegte er, durchs Foyer zum Café zu gehen, entschied sich dann aber, den kürzeren Weg über die Bühne zu nehmen.

Der Zuschauerraum lag im Dunklen, als er die Bühne betrat. Mit ein paar schnellen Schritten überquerte er sie. Plötzlich hörte er ein Rascheln über sich. Instinktiv blieb er stehen und blickte nach oben. Ein Gegengewicht schoss aus der Schwärze heran, dann flatterte etwas Weißes an ihm vorbei und jemand riss ihn zur Seite. Krachend zersplitterte der Boden unter dem Gewicht.

»Pfeiffer, schnell auf den Schnürboden!« rief Tristan, der von einem verwirrten Tobi herunterrollte.

6. Völlig verwirrt starrte ...

Donnerstagnachmittag

Völlig verwirrt starrte Tobi auf das heruntergestürzte Gegengewicht. Der Bühnenboden war unter der Wucht zertrümmert worden. Hätte Tristan ihn nicht rechtzeitig zur Seite gerissen, er wäre jetzt tot.

»Alles in Ordnung?« fragte der Detektiv etwas außer Atem und rappelte sich auf.

Tobi nickte. Holzbaum half dem Detektiv auf die Beine.

Wenige Augenblicke später rief Pfeiffer von der Portalbrücke: »Hier ist niemand.«

»Sehen Sie in der Nische am Ende der Brücke nach«, antwortete Tristan.

»Welche Nische?« rief Pfeiffer zurück.

Sven trat vor und meinte: »Ich zeige sie Ihnen.«

Tobi blickte dem Kollegen ungläubig hinterher.

»Sven hat uns gewarnt!« erklärte Tristan. »Wir sind sofort aufgesprungen und zur Bühne geeilt!«

»Keine Sekunde zu spät«, flüsterte Tobi und stand auf.

»Hier ist niemand mehr!« hörten sie Pfeiffer von oben sagen.

»Was hat das alles zu bedeuten?« fragte Tobi den Detektiv.

»Weiß ich noch nicht«, antwortete Tristan, »aber ich habe den Verdacht, dass dir jemand an den Kragen will.«

Tobi blickte nochmals zu dem Gegengewicht und nickte.

Der laute Aufprall war durch das halbe Theater zu hören gewesen, und so erschienen jetzt auch Erich und Alisa auf der Bühne.

»Was ist passiert?« fragte Alisa aufgeregt und sah auf den zersplitterten Bühnenboden.

»Tobi hätte das Gewicht da fast den Kopf zerschlagen. Zum Glück nichts Schlimmes«, antwortete Holzbaum.

Alisa wurde blass.

Der junge Schauspieler ging zu ihr und nahm sie zärtlich in den Arm.

»Jemand hat versucht mich umzubringen«, flüsterte er.

Immer noch entsetzt blickte sie zu Tristan, der nickte.

»Warum?« flüsterte sie.

»Keine Ahnung«, antwortete Tobi.

Pfeiffer und Sven kamen zurück auf die Bühne.

»Es ist wohl besser«, meinte der Hauptkommissar, »wenn Sie erst einmal mit uns kommen.«

»Wieder in eine Zelle?!« Tobi schüttelte den Kopf. »Ohne mich!«

»Keine Angst«, beruhigte Tristan, »aber Pfeiffer hat Recht, hier bist du nicht sicher.«

»Ich komme mit dir«, mischte sich Alisa ein.

»Geht das?!« fragte Tobi hoffnungsfroh.

»Kein Problem«, antwortete Pfeiffer. »Lassen Sie uns gleich aufbrechen. Auf dem Revier sind Sie vorerst in Sicherheit.«

Holzbaum reichte Tristan die Notizen sowie das Tabellenblatt.

»Die werden Sie jetzt brauchen«, sagte der gewichtige Kommissar. »Beeilen Sie sich!«

»Davon können Sie ausgehen«, sagte Tristan und rief nach Marlowe.

»Sie sollten nochmals mit Wanderschmied reden«, erinnerte Holzbaum.

»Das werde ich als Erstes erledigen«, meinte Tristan und hielt Marlowe den Arm hin, der aus dem Zuschauerraum herbeigeflogen kam.

Wanderschmied hatte in seinem Büro vom Anschlag auf der Bühne nichts mitbekommen. Zerknirscht fragte er sich, ob sein Verhalten im Café nicht zu übertrieben gewesen war, als Tristan an seine Tür klopfte.

»Herein!« rief er und rechnete mit der Polizei. »Ach, du bist es!« sagte er erleichtert, als Tristan das Büro betrat.

»Hallo Wolferl«, grüßte Tristan müde. »Gerade hat jemand versucht, Tobi umzubringen.«

Wanderschmied starrte den Detektiv an, als sei er gerade aus der Hölle gekommen.

»Du machst einen Witz?!« war alles, was er dazu sagen konnte.

»Leider nein«, antwortete der Detektiv.

Wanderschmied stöhnte und sackte in seinem Bürostuhl zusammen.

»Ich glaube, du hast mir etwas Wichtiges zu sagen.« Tristan setzte sich und wartete.

»Es ist alles meine Schuld«, begann der Intendant leise zu reden. »Ich wusste von der schrecklichen Vergangenheit, die Sven, Sebastian, Alisa, Martin und Charlot verband.«

Ihm fiel sichtlich das Reden schwer, aber jetzt, wo der Anfang gemacht war, wurde seine Stimme mit jedem Wort kräftiger.

»Martin klärte mich auf, als die Besetzungsliste öffentlich wurde. Zuerst wollte ich alles ändern, doch da trat Martin an mich heran und meinte, dass dies eine gute Chance für Charlot sei, die Qualen der Vergangenheit endlich zu besiegen.«

»Du meinst eine Art Therapie?« staunte Tristan.

»So in etwa, du weißt doch, Phobien und Angstzustände bekämpfen manche Psychologen mit der Ursache der Angst.«

»Bloß, dass ihr keine Psychologen seid«, bemerkte Tristan streng.

»Ja«, nickte Wanderschmied, »aber Martin war mit seinen Argumenten so überzeugend. Außerdem war er Charlots Bruder. Ich habe nachgegeben – und das Erstaunliche, es funktionierte.«

»Weil sich Alisa plötzlich in Tobi verliebt hatte«, meinte Tristan.

»Ja, aber auch, weil Charlot sich erneut mit der Vergangenheit auseinandersetzen musste. Sebastian hat ihr kein Leid angetan. Sie war unsterblich in ihn verliebt, wie Martin mir erzählte. Sie wollte das nur nie zugeben. Sebastians Abweisung muss sie schwer verletzt haben.«

»Und dann kam es zu diesem Anschlag«, warf Tristan ein.

Wanderschmied nickte.

»Hast du eine Ahnung, was Charlot damit zu schaffen hat?« fragte der Detektiv.

»Nein! Das war alles plötzlich sehr verwirrend für mich«, antwortete der Intendant. »Selbst Martin stand vor einem Rätsel. Charlot war auf dem besten Weg, die Sache ins Reine zu bringen. Sie hätte Sebastian nichts antun wollen.«

»Bist du da ganz sicher?« Tristan sah den Regisseur zweifelnd an.

»Ja!« nickte Wanderschmied.

»Dann war Sebastian wirklich nicht das Ziel des Anschlages«, stellte Tristan fest.

»Nach dem, was eben passiert sein soll«, antwortete Wanderschmied, »glaube ich das auch. Was meine Schuld nicht mindert.«

»Wieso?«

»Ich habe den Ablauf der Generalprobe verändert«, gestand Wanderschmied. »Du erinnerst dich, dass wir eine Pause machten, und danach habe ich die Paarungen verändert. Eigentlich hätten Tobi und Alisa die Szene spielen sollen.«

»Dann hätte es Tobi erwischt«, merkte Tristan an.

Wanderschmied nickte.

2

Erich wartete im Foyer auf Tristan. Der Diakon betrachtete seinen Freund nachdenklich, als er eine der geschwungenen Treppen herunterkam, die das Foyer mit den oberen Theatereingängen verband.

»Du siehst nicht zufrieden aus«, meinte er.

»Das bin ich auch nicht«, antwortete Tristan. »Lass uns gehen. Ich brauche etwas Ruhe.«

»Hat Wanderschmied dir weiterhelfen können?« fragte Erich und öffnete ihm die Eingangstür.

»Ein wenig ja«, nickte der Detektiv, dem eine kalte Brise entgegenwehte.

»Marlowe wird sich bei diesem Wetter noch erkälten«, sagte Erich und zog sich das Jackett am Hals zusammen.

»Wir sollten uns beeilen«, meinte Tristan und knöpfte sich ebenfalls die Strickjacke bis zum Hals zu.

Marlowe straffte sein Gefieder und machte sich so klein wie möglich. Der Wind fegte dennoch unter seine Federn.

»Zum Glück regnet es nicht«, bemerkte Erich und sah kritisch zum Himmel.

»Wird aber nicht lange anhalten«, sagte Tristan mit der lebenslangen Wettererfahrung eines Siegerländers.

Die beiden Freunde beeilten sich, die Siegplatte zu überqueren und wurden am Kölner Tor durch den Verkehr der Hauptstraße aufgehalten. Geduldig warteten sie, bis die Fußgängerampel auf Grün schaltete. Tristan hing seinen Gedanken nach und Erich störte ihn nicht dabei. Schweigend marschierten sie die Kölner Straße hinauf, vorbei am letzten großen Kaufhaus, das die Oberstadt noch beherbergte. Sie durchquerten die Alte Poststraße und passierten die Hirtengruppe des Siegerländer Künstlers Wolfgang Kreutter. Die Oberstadt schien wie ausgestorben. Nur wenige Menschen fanden bei diesem Wetter den Weg in die einst so quirlige Einkaufsstraße. Depressiv wirkten das Wetter und die Leichenruhe in der Einkaufsstraße auf den Kirchenmann. Zum Glück heiterte ihn der Blick auf die Marienkirche wenige Momente später wieder auf. Nach ein paar hundert Schritten standen sie vor Tristans Haustür. Keine Minute zu spät, denn kaum hatte der Detektiv die Haustür geöffnet, fielen die ersten Regentropfen in den Hof. Sie hatten es gerade soeben trockenen Fußes geschafft.

»Ist Helga immer noch auf der Ginsberger Heide?« fragte Erich, als sie die Diele betraten.

»Ja, sie wird erst morgen zur Premiere wiederkommen«, antwortete der Detektiv.

»Wenn sie denn stattfindet«, gab Erich zu bedenken.

»Das würde Wanderschmied umbringen«, grinste Tristan zum ersten Mal nach dem hinterhältigen Attentatversuch auf Tobi.

»Ja, das glaube ich auch«, nickte Erich und rieb sich die Arme, damit ihm wieder warm wurde.

Marlowe flatterte auf seine Kletterstange und inspizierte den Fressnapf.

»Er hat Hunger«, bemerkte Erich.

»Die Sonnenblumenkerne sind in der Küche«, antwortete Tristan, »ich mache mal Feuer an.«

Tristan entledigte sich der Notizen, die er unter der Strickjacke hervorkramte, und wandte sich dem Kamin zu.

Erich fand im Küchenschrank Marlowes Sonnenblumenkerne und füllte den Fressnapf.

»Was hast du als Nächstes vor?« fragte der Diakon.

»Wir haben jetzt genügend Daten«, erklärte Tristan und zündete ein Streichholz an, »um herauszufinden, wo sich wer zum Zeitpunkt bei Charlots Sturz befand. Damit müsste ich den Tatverdächtigenkreis einengen können.«

»Dann kann ich dir jetzt nicht mehr weiterhelfen?« fragte der Diakon.

»Im Moment nicht«, antwortete der Detektiv, dem die Wärme des aufflackernden Feuers entgegenströmte.

»Dann mache ich mich mal rüber in die Sakristei«, sagte Erich. »Wenn du mich brauchst, weißt du, wo du mich findest.«

»Danke nochmals, Erich!«

»Nicht der Rede wert«, nickte der Zwei-Meter-Mann.

Als Tristan allein mit Marlowe war, nahm er eine Pfeife aus dem Pfeifenständer, der auf dem Kaminsims stand, öffnete den danebenliegenden Tabakbeutel und begann im Stehen die Pfeife zu stopfen. Er zündete sie an und als der Tabak im Pfeifenkopf richtig glühte, setzte er sich in einen seiner bequemen Lesesessel und warf einen ersten Blick auf die Notizen.

Die Lagepläne legte er vor sich auf den Boden und begann die Daten, die die beiden Beamten zusammengetragen hatten, in seine eigene Liste zu übernehmen. Als er damit fertig war, sah er sich das Blatt mit dem Grundriss der Bühne an.

»Buntstifte wären gut«, murmelte er und stand auf.

In der Kommode neben dem Esstisch fand er eine Schachtel bunter Bleistifte und setzte sich mit ihnen zurück in den Sessel. Dann ordnete er jeder Farbe eine Person zu, schließlich begann er akribisch die Daten aus seiner Liste in den Plan einzutragen. Mit sich selbst begann er. Er stand zum Zeitpunkt des Sturzes auf der Bühne, das war genau um 16.47 Uhr. Diese Uhrzeit war sozusagen der Nullpunkt, um den sich die nächsten Eintragungen gruppieren mussten. Als Nächstes trug er Bobby und den Bühnenmeister ein, die befanden sich um 16.50 Uhr im Foyer. Tristan billigte jeder Person eine Zeittoleranz von plus und minus 5 Minuten zu, da erstens die Erinnerungen manchmal trügen und er zweitens diese Zeitspanne als unkritisch ansah. Jede Person, die nahe genug am Unglücksort zum Zeitpunkt des Sturzes gesehen wurde, war ein potenziell Verdächtiger. Durch seine Zeitmessung konnte er die Zeitspanne fast jeden Punktes im Theater bis zur Portalbrücke bestimmen. Der nächste Eintrag galt Wanderschmied, der hinter dem Vorhang gestanden haben wollte. Es folgte Hagen, der in seiner Garderobe von Sven gesehen wurde. Damit waren beide nahe genug an der Portalbrücke, um als verdächtig zu gelten. Als er den Grundriss der Bühne bearbeitet hatte, nahm er sich die restlichen Grundrisse sowie den Querschnitt der Etagenabbildungen vor.

Die ganze Prozedur dauerte länger, als er vermutet hatte. Zweimal stopfte er sich eine neue Pfeife, bis er mit einem erleichterten Seufzer die Stifte aus der Hand legte.

»So, jetzt könnte ich etwas zu essen gebrauchen«, sagte er zu Marlowe, der freudig seinen Kamm sträubte und brabbelte: »Der Dicke schmaust, es perlt der Wein; / Der Handwerksbursch schaut neidisch drein.«

3

Pfeiffer war ganz froh, dass er auf sein inneres Gefühl gehört hatte. Zufrieden beschäftigte er sich mit dem kleinen Spielcomputer, als ein aufgebrachter Büdenbender in sein Büro stürmte.

»Wo ist er?« donnerte der Staatsanwalt in den kleinen Raum.

»Wo ist wer?« fragte Pfeiffer, ohne aufzublicken.

»Tobi, mein Neffe!« zischte Büdendender.

»Der ist mit Holzbaum und Alisa auf Besichtigungstour«, antwortete der Hauptkommissar und sah zu Büdenbender. »Beim letzten Mal hat er ja nur einen Teil gesehen.«

Der Staatsanwalt ließ sich auf Holzbaums Stuhl fallen.

»Es geht ihm gut?« Büdenbender machte sich sichtlich Sorgen.

»Ja«, nickte Pfeiffer. »Irle hat ihm das Leben gerettet. Hätte nie vermutet, dass der Mann sich so schnell bewegen kann.«

»So?!« brummte Büdenbender.

»Man unterschätzt ihn«, sinnierte Pfeiffer weiter. »Wussten Sie, dass Irle regelmäßig Aikido-Training macht?«

»Nein, das wusste ich nicht«, antwortete Büdenbender, der sich langsam wieder beruhigte.

»Privatdetektive«, sagte Pfeiffer säuerlich, »aber was sage ich Ihnen.«

Büdenbender bemerkte erst jetzt, dass Pfeiffer etwas in den Händen hielt.

»Was ist das?« fragte er und deutete auf den Spielcomputer.

»Oh, Gedächtnistraining«, antwortete der Hauptkommissar.

»Wirklich?« wunderte sich Büdenbender.

Pfeiffer nickte, legte aber vorsichtshalber den Computer aus der Hand.

»So wie es aussieht«, sagte der Hauptkommissar, »ist der Fall noch nicht abgeschlossen.«

»Da kann ich Ihnen nur zustimmen«, stöhnte Büdenbender, »was uns in eine prekäre Lage bringt.«

»Wir arbeiten dran«, nickte Pfeiffer zuversichtlich.

»Das will ich hoffen«, brummte Büdenbender. »Irgendeine Spur?«

»Noch nicht«, musste Pfeiffer zugeben. »Aber Irle ...«

»Irle? Immer wieder dieser Irle«, schnaufte Büdenbender und stand auf. »Wen bezahlen wir denn für diese Arbeit?«

»Nun ja«, grinste Pfeiffer, »Irle jedenfalls nicht.«

»Pfeiffer, Sie sind manchmal ...«, er verkniff sich den Satz und ging.

»Na, dann mal weiter an die Arbeit«, lächelte der Hauptkommissar und griff zum Computer.

Doch lange währte das Vergnügen nicht. Holzbaum kam mit einem Briefumschlag zurück.

»Wo hast du unsere Gäste gelassen?« fragte Pfeiffer, der gerne Alisa mit dem neusten Spielergebnis beeindruckt hätte.

»Die hat sich Büdenbender geschnappt«, erklärte Holzbaum, »hat uns in der Kantine erwischt.«

»Ist das jetzt gut oder schlecht?« fragte Pfeiffer laut.

»Keine Ahnung«, Holzbaum zuckte mit der Schulter, »aber das hier solltest du dir mal ansehen.«

Er warf den Briefumschlag auf Pfeiffers Schreibtisch.

»Was ist das?«

»Mach es auf«, forderte ihn Holzbaum auf.

Pfeiffer zog einige Seiten eng bedrucktes Papier aus dem Umschlag. Das war ganz und gar nicht nach Pfeiffers Geschmack.

Er fischte sich ein Blatt heraus, das ihm vertraut vorkam.

»Fingerabdrücke!« grinste er, »die haben wir also auf der Quittung gefunden.«

»Ja, und wir konnten sie jemandem zuordnen, der leider nicht zur Theatertruppe gehört«, antwortete Holzbaum.

»Der Verkäufer?« fragte Pfeiffer.

»Nein, jemand aus der Gegend«, antwortete der Kommissar.

»Ist jemand zu dem Typ unterwegs?« hakte Pfeiffer nach, der jetzt keine Fehler machen wollte.

»Ja, ich habe Kollegen losgeschickt, aber interessant ist das andere«, strahlte Holzbaum wie ein Honigkuchenpferd.

Pfeiffer blickte auf den dicken Stapel.

»Muss ich das jetzt lesen?« fragte er herausfordernd.

»Nein, das habe ich schon getan«, schnaufte Holzbaum und setzte sich.

Pfeiffer sah sich den Briefkopf an und meinte: »Das ist vom Tropeninstitut aus Gießen!«

»Ja, die Untersuchungen zum Schlangengift«, antwortete Holzbaum.

»Und?« Der Hauptkommissar sah seinen Kollegen durch die Nickelbrille an, als wäre Holzbaum Albus Dumbledore.

»Die richtige Art, aber die falschen Schlangen«, erklärte Holzbaum langsam.

»Und was heißt das übersetzt?« maulte Pfeiffer.

»Das Gift, mit dem Sebastian getötet wurde, stammt zwar von einer Mojave-Klapperschlange, aber es ist nicht identisch mit dem Gift von Tobis Schlangen.«

Pfeiffer glotzte seinen Kollegen an.

»Da hat noch jemand diese Teufelsviecher?« stieß er empört aus.

»Ja, und dieser Jemand ist noch da draußen«, sagte Holzbaum zerknirscht.

»Wir sollten Irle informieren«, überlegte Pfeiffer.

»Hab ich schon versucht«, antwortete Holzbaum, »aber es geht keiner ans Telefon.«

4

Was die beiden Beamten nicht wussten: Tristan besaß ein neues Telefon. Das allein wäre nicht weiter erwähnenswert, wenn der Detektiv nicht – wie fast alle Männer – viel zu faul gewesen wäre, die Gerätebeschreibung zu lesen. Er hatte einfach am Anfang mal ein wenig herumprobiert, dabei die Grundeinstellung ordentlich durcheinandergebracht und nur mit Helgas Hilfe den Apparat wieder so weit hergestellt, dass er telefonieren konnte. Leider hatte dieses Experiment zur Folge, dass jeder ankommende Anruf, wenn er selbst telefonierte, auf eine Mailbox weitergeleitet wurde, die dummerweise erst nach dem zehnten Klingelton ansprang. So lange ließ kaum jemand klingeln, was dazu führte, dass die Mailbox so gut wie nutzlos war.

Im Moment sprach er ausgiebig mit Helga und berichtete ihr von den Geschehnissen des Tages.

»Ich werde nochmals ins Theater fahren«, sagte er und wusste, dass Helga dagegen Einwände erheben würde. »Es ist wichtig. Nach meinen Recherchen kommen nur noch zwei aus der Truppe in Frage«, erklärte er ruhig, »das muss ich überprüfen ... Ja, ich werde Pfeiffer natürlich informieren, wenn ich mir sicher bin, ich muss los ... ich liebe dich auch, bis morgen.«

Tristan legte den Hörer auf. Langsam ging er zum Esstisch, wo die Unterlagen ausgebreitet lagen. Er betrachtete nochmals die gezeichneten Grundrisse und die darin vermerkten farbigen Positionen. Es gab keinen Zweifel, nur zwei Personen kamen in Frage.

»Marlowe, ich muss dich noch mal allein lassen«, sagte er zu dem Kakadu und nahm ihn auf die Schulter. »Erich wird auf dich aufpassen.«

Er schnappte sich seine Strickjacke, schob ein Gitter vor den Kamin und machte sich auf zur Marienkirche. Erich nahm Marlowe entgegen und meinte: »Soll ich nicht besser mitkommen?«

»Nein, das brauchst du nicht«, lehnte der Detektiv dankend ab. »Ich habe ja eigentlich nur ein paar Fragen.«

»Okay, dann bis später«, meinte Erich und ließ seinen Freund ziehen.

Tristan spannte seinen Regenschirm auf und ging los. Das Wetter hatte sich wie erwartet verschlechtert. Es regnete wieder fette, dicke Wassertropfen, aber dieses Mal blieb der Sturm aus. Mit schnellen Schritten eilte er die Kölner Straße hinunter. Ein heranrasendes Polizeiauto in Zivil bretterte über die Hauptstraße und bog dann mit quietschenden Reifen in den Obergraben ab.

Tristan schüttelte den Kopf. Durch den fallenden Regen hatte er den Fahrer nicht erkennen können, dennoch dachte er flüchtig an Pfeiffer.

Dann ging er weiter über die Siegplatte und stand schließlich vor dem Theater. Dort parkten zwei PKW vor dem Eingang. Tristan erkannte Hagen und Bobby, wie sie etwas aus einem der Kofferräume ausluden.

»Kann ich helfen?« fragte er die überraschten Schauspielkollegen.

»Tristan, was machst du denn noch hier?« fragte Bobby, der zusammen mit Hagen einen schweren Karton in den Händen hielt.

»Hab noch ein paar Dinge zu klären«, lächelte der Detektiv.

»Kannst du den zweiten Karton mit reinbringen?« fragte Hagen, dem Regentropfen ins Gesicht liefen. »Er ist nicht so schwer wie dieser.«

Tristan schnappte sich den zweiten Karton, den man leicht mit einer Hand tragen konnte, und schloss den Kofferraum. Dabei fiel ihm ein Aufkleber auf, der den Kofferraumdeckel zierte.

Er blieb wie angewurzelt stehen. Alles, was er bis jetzt zusammengetragen hatte, wurde plötzlich nichtig.

»Kommst du!« rief Bobby, der zusammen mit Hagen eine der Eingangstüren offen hielt.

»Bin sofort da«, rief Tristan und eilte den beiden entgegen. »Was ist hier eigentlich drin?«

»Das Programmheft für morgen Abend«, antwortete Hagen.

»Echt schwere Literatur«, scherzte Bobby.

Tristan schlüpfte an den beiden vorbei ins Foyer.

»Wir stellen die Kartons am besten da drüben bei der Kasse ab«, sagte Bobby, »dann sind sie da, wo sie hingehören.«

Tristan nickte und folgte den beiden.

Etwas früher rasten die beiden Kommissare mit Blaulicht in die Oberstadt.

»Ich mache mir wirklich Sorgen«, brummte Pfeiffer und nahm die Kurve am Obergraben mit quietschenden Reifen.

»Er weiß auf sich aufzupassen«, stotterte Holzbaum, als sein gewichtiger Körper gegen die Beifahrertür gedrückt wurde.

»Irle weiß aber nicht, dass es noch mehr Giftschlangen gibt«, erwiderte der Hauptkommissar und musste abbremsen, weil eine junge Frau unvorsichtigerweise die Straße überqueren wollte. »Und diese Giftschlangen produzieren Gift. Der Mörder hat ein leichtes Spiel, wenn Irle nicht achtgibt.«

»Dazu müsste Irle dem Mörder aber sehr nahe kommen«, meinte Holzbaum, der bereits die Marienkirche sehen konnte.

Pfeiffer lenkte den Wagen in den Hof der Marienkirche und schaltete die Sirenen ab.

»Wenn er das nicht gehört hat«, scherzte der Hauptkommissar, »dann ist er tot.«

Sie blickten zu Tristans Haustür, doch die öffnete sich nicht wie erwartet.

»Dann mal raus!« befahl Pfeiffer und riss die Fahrertür auf.

Erich hatte die Sirene laut und deutlich im Kirchenschiff wahrgenommen und stand am Seiteneingang, als Pfeiffer die Wagentür öffnete.

»Hallo, Herr Pfeiffer!« rief der Diakon dem Hauptkommissar entgegen, als dieser über den Hof zu Tristans Haustür rannte.

Pfeiffer drehte sich um.

»Tristan ist nicht da!« erklärte Erich.

»Wo ist er hin?« Pfeiffer eilte zur Kirchentür.

»Er wollte nochmals ins Theater«, antwortete Erich.

»Hat er sein Handy dabei?« fragte Holzbaum, dem der Regen das Jackett schon deutlich eingenässt hatte.

»Keine Ahnung! Sie kennen doch Tristan«, lächelte Erich besorgt. »Was ist denn los?«

»Wir haben versucht, ihn auf dem Festnetz zu erreichen«, antwortete Pfeiffer, »aber er ging nicht dran. Es gibt eine weitere Schlangenbrut.«

»Warum haben Sie nicht gleich auf dem Handy angerufen?« fragte Erich.

»Hab ich ja«, antwortete Holzbaum, »aber da ging auch keiner ran.«

»Wahrscheinlich ist der Akku mal wieder leer«, überlegte der Diakon.

»Wir fahren zum Theater«, entschied der Hauptkommissar kurzerhand und eilte zum Auto.

Unterdessen verabschiedete sich Tristan von seinen Kollegen und ging hinauf zu Wanderschmieds Büro. Der Intendant war keineswegs überrascht ihn wiederzusehen.

»Dein Besuch bedeutet nichts Gutes, oder?« fragte er.

»Ja, ich glaube, ich weiß jetzt, wer der Mörder ist«, antwortete Tristan. »Aber ich kann es noch nicht beweisen.«

Wanderschmied hatte gehofft, dass er die Premiere noch durchführen konnte, doch jetzt ahnte er, dass Tristan dies vereiteln würde. Hin und her gerissen sagte er schließlich: »Wie kann ich helfen?«

»Dieser Stapel Personalpapiere, den du gestern fallengelassen hast, kann ich mir den noch mal ansehen?«

Wanderschmied öffnete die Schreibtischschublade und legte ihn auf den Tisch.

»Bitte!« sagte er.

Tristan begann den Stapel durchzusehen, während Wanderschmied daneben stand.

»Du wirst mir noch nicht sagen, was du herausbekommen hast«, murmelte der Intendant.

»Noch nicht«, nickte Tristan, dann fand er, was er suchte. »Darf ich das einstecken?«

»Wenn ich es wiederbekomme«, antwortete Wanderschmied.

»Danke«, grinste Tristan. »Jetzt muss ich nur noch eins überprüfen.«

Er verließ das Büro und eilte zur Bühne.

Der Bühnenmeister hatte bereits mit den Ausbesserungsarbeiten am Boden begonnen. Ein helles Stück Holzboden war eingearbeitet worden und musste jetzt nur noch gestrichen werden, dann war vom Aufschlag nichts mehr zu sehen. Tristan sah sich um. Der Zuschauerraum lag im Dunklen. Eine schwache Notbeleuchtung brannte über der Bühne. Das Licht reichte aus, um nicht gegen irgendwelche Gegenstände zu stoßen. Der Detektiv sah hinauf zur Portalbrücke und wartete. Als nach einigen Minuten nichts Auffälliges zu hören war, verließ er die Bühne und ging durch das Treppenhaus hinauf zur Portalbrücke, um von dort auf den Schnürboden zu gelangen.

Sein Plan war es, den Tathergang von Charlots Sturz zu simulieren. Er wusste mithilfe des Plans, wo sich die einzelnen Personen aufgehalten hatten. Nur zwei waren darunter, die verdächtig waren. Doch das war plötzlich alles hinfällig. Der Wink mit dem Zaunpfahl vor einigen Minuten veranlasste ihn nun, einen völlig neuen Ablauf zu überprüfen. Die Frage, die sich Tristan stellte: Konnte man in drei Minuten von der Portalbrücke über die Außenbrüstung, die Feuerleiter hinunter, durch die Büros ins Foyer gelangen?

Tristan suchte die Nische auf und sah auf die Uhr. Er wollte gerade Richtung Tür gehen, als diese geöffnet wurde und jemand die Portalbrücke betrat.

»Hallo, Tristan«, sagte eine vertraute Stimme.

»Hallo, Bobby«, erwiderte der Detektiv, dem klar wurde, dass sein Plan nun hinfällig war.

Bobby Kutscher hielt ein Messer in der Hand. Er wirkte ruhig und gelassen.

»Es tut mir leid«, sagte Bobby leise, »aber ich kann dich jetzt nicht gehen lassen.«

»Ich weiß«, nickte Tristan, »aber du wirst damit nicht durchkommen.«

»Mit was nicht durchkommen?« höhnte Bobby.

»Mit den Morden an Sebastian und Charlot«, antwortete Tristan leise.

»Das kannst du gar nicht beweisen«, lächelte der Schauspieler kalt.

»Doch, das kann ich«, nickte Tristan und erklärte: »Vor einigen Minuten habe ich einen Aufkleber an deinem Auto gesehen. Der stellt den *First U.S. Navy Jack* dar. Er zeigt eine Klapperschlange vor dem Streifenbanner. Das hat mir Tobi erklärt. Dieser Aufkleber beweist mir, dass du dich mit Schlangen auskennst. Dann fiel mir ein, dass du den Begriff *Ophidia*-Fan benutzt hast. Normalerweise benutzt man den Begriff *Serpentes*. Nur die Eingeweihten benutzen *Ophidia*, den griechischen Begriff. Das alles sagt mir, dass die Hinweise mit einem dicken Zeigefinger auf dich zeigen.«

»Wenn du nicht mehr da bist, dann kann mir das keiner mehr beweisen«, lächelte Bobby hämisch und spielte mit dem Messer. »Das hier ist keine Requisite.«

»Warum das Ganze?« fragte Tristan und versuchte das Messer zu ignorieren.

»Oh, das hast du noch nicht herausgefunden?« Bobby wirkte überrascht, ätzte aber hinterher: »Wie bist du auf mich gekommen?«

»Durch reines Ausschlussverfahren und die eben genannten Hinweise«, antwortete der Detektiv ruhig und trat einen Schritt nach vorn. »Allerdings hatte ich zuerst zwei andere auf der Liste.«

»Was für Hinweise?!« knurrte Bobby, als hätte er nicht alles erfasst, was Tristan bereits gesagt hatte.

Stress, dachte der Detektiv, jetzt bloß nicht noch mehr reizen. Er hoffte, dass ihm Bobbys Zustand weiterhelfen konnte.

»In erster Linie Anwesenheit, oder besser in deinem Fall Nicht-Anwesenheit«, erklärte Tristan ruhig.

Bobby blockierte strategisch gut den Ausgang der Portalbrücke.

»Also, so wie ich das sehe, ist das alles ziemlich vage.« Dieses Mal trat Bobby näher an Tristan heran. »Das wird zu gar nichts führen.«

»Da wäre ich mir nicht so sicher«, entgegnete Tristan. »Du hast Fingerabdrücke hinterlassen.«

»Mir egal«, zischte Bobby und sprang nach vorn.

Tristan konnte dem ersten Stich ausweichen.

»Gut pariert«, lobte Bobby, »aber du solltest wissen, dass die Klinge ein wenig behandelt wurde.«

Tristan verstand! Es würde Bobby genügen, einen Stich oder einen Schnitt zu landen.

»Schlangengift?« sagte der Detektiv ruhig.

»Schlaues Köpfchen«, nickte Bobby.

Der Schauspieler tat so, als würde er sich abwenden, drehte sich weg, um dann plötzlich erneut anzugreifen.

Auch diesen Angriff konnte Tristan parieren. Um Zeit zu gewinnen, fragte der Detektiv erneut: »Warum das Ganze? Was ist dein Motiv?«

»Als ich sagte, ich bin mir sicher davonzukommen«, zischte er böse, »da sprach ich aus persönlicher Erfahrung.«

»Wie soll ich das verstehen?« antwortete Tristan und versuchte einen sicheren Abstand zu Bobby zu halten.

»Vielleicht, weil ich selbst einmal die Erfahrung gemacht habe«, knurrte er laut.

»Du bist schon mal mit einem Mord davongekommen?«

»Unsinn, nicht mit einem Mord«, empörte sich Bobby. »Eine dumme Jugendsünde, die mir mein ganzes Leben versaute, weil ein junger Staatsanwalt auf meine Kosten Karriere machen wollte.«

Jetzt verstand Tristan das Motiv.

»Du willst dich rächen«, sagte der Detektiv ruhig und versuchte im dämmrigen Licht des Schnürbodens Bobby anzusehen. »Du wolltest gar nicht Sebastian umbringen, sondern Tobi.«

»Nein, da liegst du falsch!« jubelte Bobby. »Ich wollte Sebastian umbringen und den Mord Tobi in die Schuhe schieben. Es war ein genialer Plan. Ich habe mitbekommen, wie Tobi sich an Alisa heranmachte und sah die Eifersucht bei Sebastian. Dann hatte Tobi den Tick mit den Schlangen, perfekt für meinen Plan. Das Schlangengift belastete Tobi eindeutig.«

Jetzt war Tristan etwas verwirrt: »Warum so kompliziert?«

»Weil so der liebe Herr Staatsanwalt seinen eigenen Neffen hinter Gitter bringen musste«, lachte er höhnisch. »Das wäre meine Rache gewesen.«

»Doch Charlot kam dir dazwischen?«

»Das dumme Ding hat mich beim Korb gesehen. Früher oder später hätte sie eins und eins zusammengezählt. Das konnte ich nicht zulassen«, murmelte Bobby. »Leider wurde damit alles zerstört. Aber ich hatte vorgesorgt.« Bobby grinste diabolisch und stach erneut zu.

Tristan hatte Mühe, dem Messer auszuweichen. Er wurde von der Portalbrücke auf den Schnürboden gedrängt. Hier halfen ihm die vielen Gegengewichte, den Angreifer auf Abstand zu halten. Doch Bobby konnte mit dem Messer umgehen und dann erwischte er seinen Arm.

Plötzlich fiel ein Schuss und Pfeiffer rief: »Lassen Sie das Messer fallen, sofort!«

5

Der Schauspieler wurde in Handschellen abgeführt. Pfeiffer hatte gleich, nachdem sie die Oberstadt verlassen hatten, Verstärkung zum Theater befohlen. Dank seines rasanten Fahrstils war er rechtzeitig vor dem Theater erschienen und sofort zur Bühne gerannt.

»Woher wussten Sie, dass ich auf dem Schnürboden war?« fragte Tristan, der vorsichtig die Strickjacke auszog. Zum Glück hatte der Messerstich nur den Stoff zerschnitten.

»Ich wusste es nicht«, grinste der Hauptkommissar, »aber ich hatte so eine Ahnung.«

»Mensch, aus Ihnen wird ja noch ein richtiger Detektiv«, lobte Tristan.

»Vielleicht, aber dann dürfte ich ja keine Waffe tragen«, meinte Pfeiffer, »ich bleibe lieber Polizist.«

Pfeiffer reichte ihm einen Umschlag. »Könnte Sie interessieren.«

Tristan öffnete ihn und nahm als Erstes den Bericht des Tropeninstituts heraus. Der Detektiv überflog den Bericht und meinte: »Er hat eigene Schlangen?«

»Jetzt nicht mehr«, antwortete Holzbaum, der gerade sein Handy ausschaltete. »So wie es aussieht, hat er sich dieser Viecher entledigt, aber die Kollegen haben Spuren gefunden.«

»Sie waren schon bei ihm zu Hause?« staunte Tristan.

»Na ja, da ist noch mehr drin«, Pfeiffer klopfte auf den Umschlag.

Tristan zog ein weiteres Papier heraus. Es waren die Ergebnisse der Fingerabdrücke, die auf der Quittung gefunden wurden.

»Wir haben sie durch den Computer gejagt«, erklärte Pfeiffer, wobei Holzbaum korrigierte: »Nun, die Kollegen waren es.«

»Jedenfalls haben die einen Namen ausgespuckt, der zu den Fingerabdrücken passt.«

»Lassen Sie mich raten: Cornelius Brachständer«, sagte Tristan.

»Gut, sehr gut«, lobte Pfeiffer, »woher haben Sie diesen Namen?«

»Aus der Personalakte, die mir Wanderschmied zur Verfügung stellte«, er klaubte ein Blatt Papier aus der hinteren Hosentasche. »Bobby Kutscher war nur sein Künstlername.«

»Das haben wir leider nicht herausgefunden«, meinte Pfeiffer, »aber seine Adresse. Da haben wir die Kollegen hingeschickt.«

»Wissen Sie, warum er so einen Hass auf Büdenbender hatte?« fragte Tristan.

»So wie es aussieht, hat ihn der liebe Staatsanwalt vor Jahren wegen eines Diebstahls böse rangenommen. Bobby musste ins Gefängnis, was ihm seine Mutter nie mehr verzieh. Irgendwie kam er auf die schiefe Bahn, fing sich wieder, und dann verschwand er vom polizeilichen Radar.«

»Bis er hier wieder auftauchte«, meinte Tristan.

»Was ich nicht begreife«, sagte Pfeiffer, »wieso hatte Charlot diese Schlangenbücher?«

»Bobby hat sie ihr untergeschoben«, antwortete Tristan. »Ich glaube, wenn Sie die Bücher nach Fingerabdrücken untersuchen, werden Sie feststellen, dass Charlots Fingerabdrücke nirgends zu finden sind.«

»Das war ein Ablenkungsmanöver«, staunte Holzbaum.

»Ja, und ein sehr gutes«, nickte Tristan. »Er muss am Mittwochmorgen die Bücher in Charlots Wohnung platziert haben.«

»Wie ist er reingekommen, ich meine in die Wohnung?« fragte Pfeiffer.

»Charlot hat ihre Schlüssel in ihrer Garderobe aufbewahrt«, erklärte Tristan, »es war ein Leichtes, sie zu entwenden.«

»Was haben Sie eigentlich da oben gesucht?« Pfeiffer hielt immer noch seine Pistole in der Hand.

»Ich wollte überprüfen, ob man in drei Minuten von der Portalbrücke, über die äußere Brüstung, eine Feuerleiter hinunter, durch die Büros ins Foyer gelangen kann.«

»Und?« staunte der Hauptkommissar.

»Nun ja«, lächelte Tristan abgekämpft, »das brauchte ich nicht mehr zu überprüfen, als er mit dem Messer vor mir stand.«

Wanderschmied erschien auf der Bühne. Seine ganze Körperhaltung verriet tiefste Niedergeschlagenheit.

»Warum so traurig?« fragte Pfeiffer. »Wir haben den Mörder gefangen.«

»Ja, und damit auch meinen Grafen *Kattwald*«, stöhnte der Regisseur. »Damit können wir das Stück absetzen.«

»Vielleicht nicht«, sagte Tristan und klopfte Wanderschmied auf den Rücken. »Ich habe da eine Idee.«

7. Es war Premierenzeit ...

Freitagabend

Es war Premierenzeit. Wanderschmied lief aufgeregt wie ein Huhn zwischen den Schauspielern herum.

»Jetzt beruhige dich«, mahnte Hagen, der in seinem Bischofskostüm großartig aussah. »Es wird schon alles gut gehen.«

»Das sagst du so leicht«, stöhnte der Intendant, der noch mit Grauen an die provisorische Probe am Morgen dachte.

»Wir sind alle hoch motiviert«, lächelte Sven.

»Das Haus ist ausverkauft«, stöhnte erneut der Regisseur. »Wir werden uns blamieren.«

»Keiner wird sich blamieren«, rief Alisa vom anderen Ende des Ganges. »Jetzt verschwinde und lass uns in Ruhe.«

Wanderschmied nickte und verließ die Garderoben. Er ging zur Bühne, deren Vorhang heruntergelassen war. Durch einen Spalt blickte er in den Zuschauerraum, der sich langsam füllte.

»Volles Haus«, murmelte er.

»Wird schon alles gut gehen«, sagte hinter ihm der Bühnenmeister, der die letzten Requisiten auf ihre Position schob.

»Warum sagt ihr das alle?« schnaufte der Intendant.

»Weil es zutreffen wird«, grinste der Bühnenmeister. »Es muss einfach klappen, nach all dem Stress hier.«

Wanderschmied lugte nochmals durch den Spalt und erkannte Justus Kehrer, wie er langsam zu seinem Platz geführt wurde.

»Na, das ist aber eine Überraschung«, flüsterte er und verließ die Bühne.

Er ging ins Foyer, wo er auf Helga und die beiden Kommissare traf.

»Sie haben es also doch geschafft«, grüßte er die drei freundlich. »Kommen Sie mit, ich wollte gerade den Vorsitzenden begrüßen, dann kann ich Sie auch vorstellen.«

Wanderschmied führte die drei ganz nach vorne in die erste Reihe, wo er für die Ehrengäste Plätze reserviert hatte.

»Schön, dass du da bist«, sagte er zu Justus, der etwas gequält aufschaute. »Darf ich dir Helga Bottenberg vorstellen?. Die beiden Kommissare Pfeiffer und Holzbaum kennst du ja schon.«

»Sehr angenehm«, sagte Justus, »bitte verzeihen Sie mir, dass ich sitzen bleibe.«

»Kein Problem«, lächelte Helga.

»Bitte setzen Sie sich«, bat der Regisseur, »es geht gleich los.«

»Sie sind Tristans Freundin?« fragte Justus Helga, die neben ihm Platz nahm.

»Ja, das bin ich«, nickte sie.

»Richten Sie Ihrem Freund ein herzliches Dankeschön aus.« Justus' Stimme wurde schwer. »Es hat mir sehr viel bedeutet, dass die Wahrheit ans Licht kam.«

»Das werde ich ihm ausrichten«, lächelte Helga.

Pfeiffer machte es sich in seinem Sessel bequem, während Holzbaum noch mehrmals sein Jackett richten musste. Dann erklang der erste Gong und das Licht wurde gedimmt.

»Jetzt geht es gleich los«, sagte Wanderschmied, der immer noch wie ein aufgescheuchtes Huhn hin und her lief.

Es erklang der zweite Gong und nun ging das Licht ganz aus.

Wanderschmied verschwand hinter dem Vorhang, und Helga drückte die Daumen. Dann ging der Vorhang auf. *Leon* und der *Hausverwalter* standen an einem Gartentor.

»Ich muss den Bischof durchaus sprechen, Herr!«

»Du sollst nicht sag ich dir, verwegner Bursch!«

Leon zieht ein Küchenmesser und ruft: *»Seht Ihr? Ich zieh vom Leder, weicht Ihr nicht. Teilt Sonn' und Wind, wir schlagen uns, Herr Sigrid.«*

Tristan machte sich großartig, fand Helga und sie genoss das Stück.

Leon bekam den Auftrag, des Bischofs Neffen aus der Gefangenschaft zu befreien, und als der zweite Aufzug begann, drückte sie nochmals die Daumen. *Leon* war jetzt in der Burg des Grafen und stand vor dessen Haus.

Er klopfte an die Tür.

»*Niemand daheim*?« sagte *Leon*.

»*Hurra! Packan! Hallo*!« schallte es zurück.

Ein Raunen ging durch die Zuschauerreihen, als Erich, alias Graf *Kattwald,* die Bühne betrat.

Danksagung

Die Inspiration für diesen Roman verdanke ich Prof. Dr. Jürgen Kühnel, der seit drei Dekaden Leiter und Motor der Studiobühne Siegen ist. Durch ihn und seiner stetig wechselnden Schauspieltruppe habe ich meine ersten „Theater“-Erfahrungen gesammelt. Damals gab es noch den „Lohkasten“. Ein kleines Theater, in dem man hautnah neben den Schauspielern saß. Spartanische Bühnenbilder und engagiertes Schauspiel verzauberten die Kleinbühne in einen magischen Ort, der mal im fernen Indien, im alten Griechenland oder in einer heruntergekommenen Klitsche spielte. Und weil Jürgen ein Zauberer ist, überstand der magische Ort vor Jahren auch den Umzug ins LŸZ. Diesen Herbst 2008 inszeniert die Studiobühne ihr letztes Stück. Dieser Roman, auch wenn er in einem anderen Umfeld spielt, lebt von den Eindrücken und Erfahrungen, die ich dank der Nähe zur Studiobühne in meinem Studium und danach sammeln durfte. Dafür danke ich Jürgen Kühnel.

Auch dieses Jahr kümmerten sich viele um das Manuskript. Mit konstruktiver Kritik sorgten Marlis Klein, Rebecca Schmidt, Maria Leyener, Anja Georg sowie Rolf Engel und Ralph Rottler dafür, dass aus einem Manuskript ein Buch wurde. Und zum Schluss danke ich jenem Mann, der am 6. März 1838 im Wiener Burgtheater das Lustspiel „Weh dem, der lügt!“ inszenierte, Franz Grillparzer.

Ralf Strackbein

Der Billy-Code

Roman · Taschenbuch · 296 Seiten

Bedrohlich ziehen dunkle Schneewolken von Westen heran, während sich Raphael Olofsson, ehemaliges Mitglied der Deutschen Botschaft in Stockholm, und seine Assistentin, Miriam van Heyden, auf den Weg zu einem schwedischen Möbelhaus machen. Im Möbelhaus werden sie von einem Stromausfall überrascht. Die plötzliche Dunkelheit raubt ihnen die Sicht. Dann treten sie in eine Blutlache. Nicht weit entfernt finden sie eine Leiche, die auf mysteriöse Weise ums Leben kam.

Die anrückende Polizei und der Niederlassungsleiter gehen von einem Unfall aus, doch Olofsson findet Indizien, die auf Mord hindeuten. Unterdessen ahnt keiner der Möbelhaus-Besucher, dass sich ein katastrophaler Schneesturm über das Land ausbreitet, der ein Verlassen des Möbelhauses unmöglich macht. Als die Betroffenen ihre Situation erkennen, ist es zu spät, und Olofsson fragt sich: Konnte der Mörder fliehen oder ist er mit uns eingeschlossen?

ISBN: 978-3-935378-19-2

In dieser Reihe bereits erschienen:

Tristan Irle und der Rubensmord (1991)

Eigentlich sollen die Feierlichkeiten zum 350. Todestag von Peter Paul Rubens friedlich und ohne größeres Aufsehen in der Stadt Siegen gefeiert werden. Doch das ändert sich schlagartig, als man eine Leiche im Vorhof des Oberen Schlosses findet. Privatdetektiv Irle übernimmt den Fall und muss bald feststellen, dass mehr hinter dem Fall zu stecken scheint, als es vordergründig aussieht.

Tristan Irle – Eine Leiche auf der HTS (1992)

Friedlich bereiten sich die Bewohner des Siegerlandes auf das Weihnachtsfest vor. Doch plötzlich wird die festliche Ruhe gestört, als man eine Leiche im Schnee begraben findet. Tristan Irle übernimmt die Aufklärung des mysteriösen Mordes. Dabei verfängt er sich in einem Netz von Intrigen, Bestechungen und Lügen.

Tristan Irle – Mord Pur (1993)

KulturPur – seit Jahren ein Begriff für ein Fest der besonderen Art. Tristan Irle gönnt sich ein paar Tage Urlaub auf dem Giller und trifft dort Pensionsbesitzerin Helga Bottenberg. – Eine Frau, in die er sich verlieben könnte? Beschaulichkeit bestimmt den Tag, bis ein hinterhältiger Anschlag die Idylle zerstört.

Tristan Irle – Die Abseitsfalle (1994)

Die Damenmannschaft des SC Siegen hat es wieder geschafft. Sie steht im Endspiel um die deutsche Meisterschaft. Doch dann verunglückt auf mysteriöse Weise ein Mitglied des Vereins. War es Mord? Diese Frage soll Tristan Irle klären. Voller Tatendrang stürzt er sich ins Spiel. Doch das Spiel ist nicht fair, und er durchschaut die heimtückische Abseitsfalle.

Tristan Irle – Das sexte Gebot (1995)

Seit Tagen ziehen Regenschauer über das Siegerland. In dicke Regenjacken gehüllt, gehen die Menschen ihren Geschäften nach. Plötzlich erschüttert des Nachts eine fürchterliche Autoexplosion die Stadt. Es gibt einen Toten. Zur gleichen Zeit findet Tristan Irle ein Findelkind in der Marienkirche. Die Polizei steht vor einem Rätsel. Haben beide Ereignisse etwas miteinander zu tun?

Tristan Irle und das Rathauskomplott (1996)

Weihnachtsmarkt in Siegen. Es ist der Beginn der Adventszeit. Plötzlich erschüttert ein fürchterlicher Fund auf dem Weihnachtsmarkt die Gemüter. Schockiert schalten sich Staatsanwaltschaft und Polizei ein. Ihnen eine Nasenlänge voraus ist eine junge Journalistin. Sie vermutet Verbindungen zum Rathaus und bittet Detektiv Tristan Irle um Hilfe. Machenschaften allerorts und der kommunale Filz drohen schließlich die Ermittlungen fast zu ersticken.

Tristan Irle – Der Braumeister (1997)

Der junge Braumeister Roland Eichbaum hat die Idee seines Lebens. Er möchte Bier in Asien brauen. Die Verhandlungen sind in vollem Gange, als plötzlich ein Mord die Bierbrauer der Region erschüttert. Bis Tristan Irle durch die trübe Suppe von Verdächtigungen eine klare Spur findet, muss er so manches Glas Bier leeren, und nicht selten beginnt die Recherche mit einem lauten: Prost! Und da ist dann auch noch ein geheimnisvoller Chiffrierschlüssel, der Tristans Ermittlungen behindert.

Tristan Irle – Gegen den Strich (1998)

Die kleine Großstadt Siegen steht im Fokus der Weltöffentlichkeit. Im Medien- und Kulturzentrum laufen die letzten Vorbereitungen auf Hochtouren für eine ganz besondere Ausstellung, als ein Siegener Künstler zu Tode kommt. Tristan Irle beginnt seine Ermittlungen, was Künstlern und anderen Kreativen gegen den Strich geht. Dann muss Irle feststellen, dass die Kunstszene genauso schillernd ist wie eine Malpalette.

Tristan Irle – Tödliche Doktorspiele (1999)

Im Arzt-Gelöbnis steht: »Ich werde meinen Beruf mit Gewissenhaftigkeit und Würde ausüben. Die Erhaltung und Wiederherstellung der Gesundheit meiner Patienten soll oberstes Gebot meines Handelns sein.« Diesen Satz haben auch die Ärzte in einem Krankenhaus in Siegen gelobt. Doch eines Morgens findet man eine tote Patientin. Und wie sich herausstellt, wurde sie falsch behandelt. Chefarzt Dr. med. Killian steht plötzlich unter Mordverdacht, doch er behauptet, unschuldig zu sein. Privatdetektiv Tristan Irle wird eingeschaltet, um den mysteriösen Todesfall zu untersuchen. Ihm gegenüber eine Schar weißer Kittel, die alle etwas zu verbergen scheinen.

Tristan Irle – Siegener Maskerade (2000) gebunden

Schriftsteller Raffael Leich trifft sich im Geheimen mit dem persönlichen Referenten des Bürgermeisters. Ein mysteriöses Bild wechselt den Besitzer, dann fallen plötzlich Schüsse. Raffael kann fliehen. Tags darauf wird Privatdetektiv Tristan Irle eingeschaltet, um zu ermitteln. Zur gleichen Zeit bereitet der Anwalt Hallenberger eine Millionen-Spende für die Stadt Siegen vor, um mit dem Geld das Projekt Apollo-Theater zu finanzieren. Steht der Mord etwa mit dem Theaterprojekt in Verbindung? Welche Rolle spielen Schriftsteller Raffael Leich und der Bürgermeister? Und da ist da noch das geheimnisvolle Bild. Im Buch enthalten: ein ausklappbarer Abzug des mysteriösen Bildes.

Tristan Irle – Eisenhart (2001)

Die Stadtkasse – so ausgetrocknet wie ein afrikanisches Wadi – treibt Stadtkämmerer Goldmann den

Schweiß auf die Stirn. Sein Chef, der Bürgermeister, eröffnet unterdessen ein neues Museum und weiß selbst nicht so recht, wie er die anstehenden finanziellen Probleme lösen soll. Tristan Irle, Privatdetektiv, ist an diesem Tag einer Einladung auf das Segelfluggelände nahe der Stadt gefolgt. Dort muss er einen schrecklichen Unfall mit ansehen. Der Detektiv beginnt zu ermitteln und dabei entpuppt sich die scheinbar eingeschworene Fliegergemeinschaft als lebensgefährliche Bedrohung für Tristan und seine Freunde.

Tristan Irle – Die Fürstenjagd (2002)

Es ist Jagdsaison im Wald des Fürsten zu Widerstein. Allerlei Prominenz aus dem Ausland trifft sich nahe Bad Berleburg in einem Forsthaus, um zusammen mit Fürst Siegfried dem Wild auf die Pelle zu rücken. Vom Jagdfieber gepackt, verteilen sich die Herrschaften im Wald. Schüsse fallen und plötzlich ertönen Jagdhörner. Wenig später wird die Jagd abgebrochen, denn im Wald liegt ein Toter. Tristan Irle, Privatdetektiv, als Treiber bei der Jagd dabei, übernimmt die Ermittlungen. Die stellen sich als äußerst schwierig heraus. Die Jagdgäste aus höchsten adeligen Kreisen schweigen, bis die Beweislast immer erdrückender wird.

Tristan Irle – Lokalzeit (2003)

Die Journalisten des regionalen Fernsehsenders sind ein eingespieltes Team. Erhöhter Stress gehört bei ihrem Job zum Alltag, und da bringt es den verantwortlichen Fernsehredakteur nicht sonderlich aus der Ruhe, als ein Übertragungswagen für die aktuelle Stunde liegen bleibt. Doch als vor laufender Kamera jemand stirbt, da liegen plötzlich bei allen Beteiligten die Nerven blank. Noch ahnt keiner, dass dies der Auftakt zu einer unheimlichen Mordserie ist.

Tristan Irle, Privatdetektiv, übernimmt die Ermittlungen. Und die führen ihn überraschend zu einem großen schwedischen Möbelhaus, dessen Ansiedlung zum Interessenkonflikt mächtiger Parteien geführt hat. Schließlich drängt sich dem Detektiv die Frage auf: Hat das Rathaus etwas mit dem Mord zu schaffen?

Tristan Irle – Baum fällt! (2004)

Die heimische Politprominenz ist hocherfreut. Der brasilianische Botschafter besucht anlässlich einer Fürst-Johann-Moritz-Ausstellung die Region. Eine gute Gelegenheit die Gäste aus Übersee in den Wald einzuladen, um uralte Haubergstradition zu vermitteln. Der Botschafter ist begeistert. Weniger enthusiastisch zeigen sich die Kuratoriumsmitglieder der Ausstellung sowie die verantwortlichen Historiker, allen voran die Rektorin der Universität. Und dann endet der Ausflug für einen Gast auf mysteriöse Weise tödlich.

Tristan Irle, Privatdetektiv, beginnt zu ermitteln. Bald stellt er fest, dass die feine Gesellschaft der Ausstellungsmacher ihre eigenen dubiosen Ziele verfolgt. Und schließlich gerät der Privatdetektiv ins Schussfeld, denn im Hintergrund agiert noch der Geheimdienst …

Tristan Irle – Die zitternden Tenöre (2005)

Der Männergesangverein „*Pro Patria*" steht vor einer großen Herausforderung. Zusammen mit dem engagierten Chorleiter Gottfried Kunze möchten die Mitglieder nach 100-jährigem Bestehen endlich den Status „Meisterchor" erlangen. Sie proben, bis ihre Stimmbänder zittern, doch dann geschieht während der Probenpause ein Mord. Chorleiter und Erster Vorsitzender sind sich einig, dass dieses hinterhältige Attentat nur einer aufklären kann. Sie engagieren den Privatdetektiv Tristan Irle.

Die Tenöre verfolgen misstrauisch Tristans Ermittlungen. Je mehr der Detektiv in ein klebriges Geflecht aus Intrigen dringt, desto gefährlicher wird es für ihn. Und dann stellt sich plötzlich heraus, dass das Opfer einen berühmten Verwandten hat.

Tristan Irle – Der Killersteig (2006)

An einem herrlichen Spätsommertag trifft sich eine Gruppe Polizisten, um zusammen mit Staatsanwalt und Landrat über einen Teil des berühmten „Rothaarsteigs" zu wandern. Mit Rucksack und Wanderschuhen ausgerüstet beginnt die Wanderung im Süden des Kreisgebietes Siegen-Wittgenstein. Doch schon bei der ersten Übernachtung kommt es zu einem tragischen Zwischenfall.

Tristan Irle, Privatdetektiv, erhält kurz darauf einen geheimnisvollen Anruf, der ihn dazu bewegt, sich der Gruppe am nächsten Tag anzuschließen. Schon bald muss er feststellen, dass nicht alle in der Gruppe so freundlich sind, wie sie vordergründig vorgeben. Als es erneut zu einem Zwischenfall kommt, ahnt der Detektiv, das ein Mörder unter ihnen weilt.

Tristan Irle – Locht ein! (2007)

Große Aufregung unter den Golfern im Kreisgebiet. Am Vorabend der Clubmeisterschaft findet man einen Toten auf dem Golfplatz und das mitten im Wasserhindernis. Keiner kann sich so richtig erklären, wie dieser scheinbare Unfall vonstattenging, und zum Erstaunen von Privatdetektiv Tristan Irle hält sich die Trauer um das verstorbene Clubmitglied in Grenzen.

Als der Detektiv die Ermittlungen übernimmt, kommen Hinweise zutage, die auf Mord deuten. Tristan Irle beginnt Fragen zu stellen, die erheblich mehr Aufregung erzeugen als der Start der Clubmeisterschaft. Besonders der Clubpräsident und der Spielführer fühlen sich belästigt, dann findet Irle die Tatwaffe …

Nicht jeder der genannten Titel ist immer lieferbar. Vergriffene Titel werden in einem bestimmten Rhythmus wieder aufgelegt. Fragen Sie bitte im Einzelfall bei Ihrem Buchhändler nach, welche Titel lieferbar sind.